金貨一枚貸したら
辺境伯様に捕まりました⁉

登場人物紹介

CHARACTERS

ミュスカ

孤児院出身で、教会の物置小屋に居候している聖女。貴族の聖女たちから仕事を押し付けられながらも日々前向きに暮らしている。

レスター・ヴォルフガング

雪の街・スノーブルグを治めるヴォルフガング辺境伯。世間では「冷酷」と噂されているが、ミュスカには甘々。

スペンサー
ヴォルフガング邸の家政婦長。
邸の古株で、幼い頃からレスターを見守ってきた。
大聖女
すべての聖女の頂点。年齢不詳……？
シャーロット
コンスタンの教会に所属する
伯爵令嬢の聖女。
レスターに想いを寄せている。
ディビッド
聖堂騎士団の騎士。
思い込みが激しく、
想いが空回りすることも。

ヴォルフガング邸の使用人たち

アラン … ナイスミドルな執事。
ケント … 観察力の鋭い、優秀な従者。
アンナ … お化粧と髪結いが得意なメイド。
リード … 気が利く、優しい御者。

スノーブルグの教会の神父たち

ジェスター … 教会に住み込んでいる。穏やか。
ハリー … 元聖堂騎士で、活発。
レイフ … モノクルをかけていて、物静か。

孤児院にいた私が、教会に聖女として引き取られて数年。

コンスタンの街の孤児院の前に捨てられていた赤ん坊。両親が生きているのかどうかもわからない。誰が名前を付けたのか、ミュスカと呼ばれていた。それが私。

幼い頃から自然と癒《いや》しの術が使えていて、よく孤児院のみんなの擦《す》り傷を治していた。

他にも、庭の小さな畑に植えられていた芋の苗に「大きくなりますように」と祈れば普通よりも育ちが良くなったりと、私には不思議な力があったようで……

それをいつも見ていた院長が「ミュスカは聖女かもしれない」と言い出した。

聖女の認定をすることができるのはただ一人、大聖女様だけ。

各地に幾人もいる聖女たち。その上には大聖女候補である筆頭聖女が何人もいて、そのすべての頂点である大聖女様だけが聖女の認定をするのだ。

孤児院長の推薦《すいせん》を受けた私も大聖女様に認定されて聖女の一人となった。

聖女になれば、教会で務めを果たさなければならない。

魔物が人里に害を為さないように街の外には結界を張り、人々には癒《いや》しを与える。聖女は国や人々のために祈りを捧げるのだ。

そんな聖女となった私は、すでに十九歳になっていた。

この国では、聖女は貴族と結婚することが多い。聖女の力は遺伝するのか、現在いる聖女のほとんどが貴族だった。

たまに血筋とは関係なく平民の聖女もいて、私もその一人。しかも私は孤児だった。平民孤児の私には姓もなく、ただのミュスカだ。

貴族の聖女たちは通いでやって来るが、私は身寄りがないために教会の物置小屋を借りて住んでいた。

それでも家賃は納めなければならず、毎月の聖女の務めでもらえる少ないお給料から天引きされる。食費も必要だから、手元にお金はほとんど残らないが、それでもコツコツとお金を貯めるようにしている。

身寄りのない私では結婚できるとも思えないし、もし聖女の力が急になくなったりしたら？　病気で務めが果たせなくなったら？

何があっても生きていけるように、自分で将来の心配をしないといけないと思ってのことだった。

◇

今日はどしゃ降りの雨だった。

雨は憂鬱《ゆううつ》になるという人も多いが、今日の私は違う。

毎日コツコツ貯めた小銭がやっと金貨一枚分になり、初めて金貨に交換してきたのだ。

そのうえ、少し残ったお金で初めて自分で傘を買うこともできたので、ちょっとした浮かれ気分で教会への帰り道を歩く。

大事に握りしめた一枚の金貨に「フフフ」と変な声が低く漏れると同時に、思わずにやけてしまう。

水色の、手入れされていない伸びた髪が少しだけはねていたけど、そんなことなど気にならない。

軽い足取りで教会の前までたどり着くと、雨のせいか今日は人も少ないのに一人の男性が佇《たたず》んでいるのを発見した。

男性は、雨に負けず劣らずどんよりとした雰囲気。眉間にシワが寄った険しい表情で、ちょっと近付きにくい。私の今の気分とは雲泥《うんでい》の差だった。

でも、困っているならやはり声をかけるべきか。もしかしたら、聖女に仕事を頼みに来たのかもしれないし。

私は聖女なんだから……と自分に言い聞かせて暗く淀《よど》んでいる男性にそっと声をかけた。

「あの、何かお困りですか？　教会にご用でしたらご案内致しましょうか？」

「いや、用事は済んだが……。雨に降られてどうしようかと……」

「教会で雨宿りしますか？」

「……それはいい」

雨宿りしていくか尋ねると、さらに表情を暗くして顔を引きつらせる。

教会の中に入るのを凄く嫌がっているように見えるが、家に帰れないのも困るだろう。

そう思うと、初めての傘を握りしめていた手に力が入る。よしっと決意して彼に傘を差し出した。

「良ければ私の傘をどうぞ」

買ったばかりの傘だけどしょうがない。きっと来る時は雨が降っていなかったから、傘がないんだ。

私も、金貨を交換してから急に雨に降られ、浮かれた気分のまま初めて傘を買ったから。

彼は、初対面の私に傘を差し出されて驚いている。

「……君が帰るのに困るだろう？」

「私は、教会に住んでいますからもう大丈夫です。お家は近くですか？」

「いや、近くはない。馬車乗り場に行こうと思ったのだが……教会で金をすべて使ってしまって……」

近いなら後日返して貰えばいい。

「えぇ!?　帰りはどうするのですか!?」

教会でお金をすべて使ったという発言に驚き、つい男性の話を遮ってしまった。

そのタイミングで、グゥ、と男性の腹が鳴る。

「……す、すまん……!　急いで来たものだから、まだ昼も食べていなくて……」

男性は恥ずかしさでいっぱいになったように頬を赤らめ、顔を隠すように片手で押さえて横を向いてしまった。

なんだか、心配になってきた。この人、行き倒れにでもなったらどうしましょう……

そう思い、今度は手の中の金貨をぎゅっと握りしめた。

「……良ければこれもどうぞ。馬車代も足りると思いますし、お昼ご飯も買えますよ」

傘を買ってしまったから、今渡せるお金はこの金貨一枚しかない。

自分の小屋まで行けば小銭ならあるが、もし足りなかったら申し訳ない。

教会で雨が止むまで待ってもらうのが一番いいのだが、教会に入りたがらないのだから無理だろうなぁ、と思ってしまう。金貨を差し出した私に、男性は慌てた。

「そこまでしてもらうのは申し訳ない！　ダメだ！」

「帰れないとお家の方が心配しますよ？」

「しかし……！」

「……雨も降っていますし、帰りが安全になるように特別に『聖女の加護』もつけてあげますね」

なかなか受け取らない男性の手を取り、半ば無理矢理金貨をその手のひらに載せた。

受け取った金貨を呆然と見ている男性の前で両手を握り、祈る。

彼の旅が安全なものになるようにと、『聖女の加護』を男性に付与する。

『聖女の加護』とは、聖女の能力の一つだ。悪いものから守ってくれると寝物語で伝えられてきた。

この付与術をかけられた人は、その聖なる力のおかげで魔物を避けられるのだ。

昔は一人一人に付与していたが、それでは対応しきれなかったのだろう。アミュレットに付与することが広まり、今では教会で普通に売られている。

お守りとして旅人に人気で、人里離れた場所に行く時に買ってくれる人も多い。

私が聖女として活動し始めた時にはもうアミュレットが主流になっていたから、直接人に加護を付与することはめったにないが、今日は気分がいいから特別だ。

『聖女の加護』を付与された男性を包むように、一瞬キラキラと周りが光る。雪のように降っては消えていく白い光を、男性は言葉なく見つめていた。

「……君は聖女か？」

「はい。これで安全に帰れますよ。特別ですから、秘密にして下さいね」

ほんの少し笑みをこぼす私に、男性は呆然と、しかし真っすぐに視線を向けている。

本当なら『聖女の加護』の付与にはお金がかかるから、気にしたのかもしれない。

最初に見かけた眉間のシワはないが、よくわからない方だ。

「では、私は聖女の務めがありますから失礼しますね。お気をつけてお帰り下さい」

そうにこやかに言って踵《きびす》を返すと、小さく拳を握りしめて「いつか金貨を返しに来て下さいね！」と密かに力いっぱいに願う。

男性の視線を背中に感じながら、私は雨に濡れないよう小走りで教会へと戻った。

◇

金貨一枚を男性に渡してからもう三日。

家が近くじゃないと言っていたから、返しに来られないのだろうか。

それとも、返す気がなかったのだろうか。

しかめっ面に気を取られていたけど、よくよく思い返すと彼は上等な格好をしていた。金貨一枚程度、すぐに返してくれそうだと思っていたのに。

借りたお金を返さないような方には見えなかったけど、人は見かけによらないと言うし……

金貨を渡した男性に想いを馳《は》せながら、目の前のなんの変哲もない木の机に向き合う。その上には、『聖女の加護』を付けるための小さな特殊な石のついたアミュレットが山のように積んである。

これも、聖女の務めの一つだ。この小さな石に『聖女の加護』を付与し、加護付きのアミュレットとして売るのだ。人々のお守りとして流通していて、教会の資金源の一つにもなっている。

たくさん積んであるのは、他の聖女の分も押し付けられているからだ。

おかげで朝からアミュレット作りで手いっぱいだった。

まぁ、押し付けられるのはいつものことで、それでもなんとか毎日のノルマはこなしている。なんだかんだ私がやり切ってしまうから、他の聖女たちは罪悪感すら抱いていないだろう。

教会の神父様たちも、貴族の聖女たちの家からの寄付金が大事だから見て見ぬふりをしている。

寄付金どころか、扱いに文句を言う実家すらない平民孤児の私の立場は低いのだ。

机の上のアミュレットに手をかざすと、清らかな光がほんの数秒だけアミュレットを煌《きら》めかせる。

一つ一つにそんなに時間はかからないが、これだけの量をこなすにはてきぱきと進めなければならない。

しかも今日は、他の聖女たちがいつもよりめかし込んで朝から大騒ぎだ。

三日前の雨の日に大事なお客様が来たようで、その日からみんな「次いらっしゃったら対応は私が！」と騒いでいたのだが、その方が今日また来訪されるみたいだった。

普段なら癒《いや》しを求めてやって来る人たちの対応も全部私に押し付けるのに、今回は彼女たちで取り合いをしているみたいだ。

だから、私は朝からずっとこの小さな部屋で、アミュレットに『聖女の加護』をひたすら付与し続けている。

いつもはこんな朝から来ないシャーロット様まで早めに教会にやって来て、「今日も気合いをいれて縦ロールを決めて来ましたわ！」とソワソワしていた。

代々聖女の家系である伯爵令嬢のシャーロット・バクスター様は、この教会所属の聖女の中で一番身分が高い。ご両親も、娘を大事にしているようだった。

そんな彼女は、質素な私と違ってお洒落《しゃれ》な方で、見事な金髪の縦ロールがトレードマーク。そのシャーロット様が気合いをいれた縦ロールとは。いつもよりも巻きが激しいのだろうか？

こんなにも騒ぎになっていると、一体誰が来るのか、さすがに少しは気になってくるが、私に知らされることはない。

少し残念だが、みんな興奮して声が大きくなっているから、なんとなくは聞こえてくる。

待ちきれない聖女たちは、客人が来ればすぐにわかるように廊下で待機していた。賑《にぎ》やかな会話はこの部屋に筒抜けのため、私は耳をそばだてる。

「みんな！　家紋入りの馬車が到着したわ！　あの家紋は間違いないわ!!」

廊下を走る音とともに誰かがそう叫ぶと、聖女たちの黄色い声が響いた。

「きゃあ！　レスター様よ！」

「お顔だけでも！」

どうやらお客様はレスター様という方で、お顔が素敵らしい。

そう言えば、金貨一枚を渡した方もなかなかに綺麗《きれい》な顔立ちだった。

無事に帰れたかしら……。お風邪は引かなかったかしら……

そんな心配をよそに、さらにアミュレットに『聖女の加護』を付けて、押し付けられた分も含めて一日のノルマをこなしていく。

廊下は、黄色い声が溢《あふ》れそうなほどさらに騒がしくなっていた。憧れの方に会えることに舞い上がっているのが、扉一枚隔《へだ》てていてもわかる。

「お茶は絶対に私が持って行くわ！」

「いえ、私がぜひ！」

お茶を淹《い》れたことのないシャーロット様までもがお茶を持って行こうとしている。お茶汲《く》みさえ聖女たちの争奪戦になるなんて、初めてのような気がする。

結局、お茶汲《く》み争奪戦はシャーロット様の圧勝だった。身分が一番上のシャーロット様には誰もかなわなかったようだ。

いつも雑用は私に丸投げで、優雅にお茶をしていた貴族の聖女たちが進んでお茶汲《く》みをしようとしたことに少し驚いてしまう。神父様たちも、寄付金の多い貴族の聖女たちには優しく、無理に仕事をさせることもなかったのだ。

その神父様が、廊下で騒いでいた聖女たちを呼びに来た。

「ヴォルフガング辺境伯様が聖女を連れて帰りたいと仰《おつしや》っている。みな、集まりなさい」

この部屋には入ってこないということは、私はお呼びではないのだろう。いつものことだと気にすることなく、私は静かになった部屋でアミュレットのノルマをさらに淡々とこなしていった。

しばらくすると、神父様が慌ただしく私を呼びに来た。勢いよく開いた扉にびくりと驚き手が止まる。

「ミュスカ！　すぐに来なさい！」

必死の形相の神父様だけど、私は理由がわからずに首をかしげる。それでも、素直に返事をしてついて行く。

アミュレットへの付与が終われば掃除があるし、昼からは街の外に結界も張りに行かないといけないのに……

一日の仕事を頭に想い浮かべながら、落ち着きのない神父様の後を追うと、教会の広い部屋に連れて行かれる。「入りなさい」と言われて逆らう理由もなく、「はい」と頷いて入った。

部屋に入ると聖女たちが壁一列に並び、不快感もあらわに私を見ている。

どういう状況なのだろう？　訳がわからず困惑する。

部屋の中央の豪華な椅子には男性が一人。長い足を強調するように組んで座っており、後ろには従者らしき人が控えている。

その部屋の中央に座っている男性に私は見覚えがあった。

——金貨を渡した方だ。

男性は、雨の日の険しい顔からは意外なほどの素敵な笑顔で立ち上がる。

あの日もそうだったが、艶《つや》のある黒髪に切れ長の男らしい眼。スラリとした高身長にその端整《たんせい》な顔が乗っている。礼服という訳ではないのに、この方が身にまとっているだけで絵になるぐらいロングコートが似合う。

その方が、金貨一枚をわざわざ返しに来てくれたのかと思うと、ちょっと嬉しくなった。それと同時に、この部屋の雰囲気が理解できなくて首をかしげる。

明らかにこの部屋の中でこの男性が一番偉く見えるのだが……？

「あぁ……この娘だ。この水色の髪の可愛い娘だ」

待ちかねた想いを漏らすように言葉を吐いた彼は、迷いなく私の前まで近付いてきた。

しかも可愛いとは⁉　いきなり幻聴が聞こえた。

私はこの状況に困惑し、言葉に詰まったままで肩を竦《すく》めて立ち尽くすしかない。

「あ、あの……」

「名前はミュスカと聞いた。間違いないか？」

「は、はい。ミュスカです！　……姓はありません」

平民孤児の私に姓などない。いかにも高位の貴族らしいこの方にそう告げるのは気が引けて少々口ごもるが、そんなことはおかまいなしとばかりに彼は私から目を離さない。

「俺はレスターと言う。早速で悪いが、君を連れて帰りたい」

「は？」

思わず素《す》っ頓狂《とんきょう》な声が出てしまった。

口が少し開いたままの私に、レスターと名乗った目の前の男性はひたすら柔らかい笑顔を向けてきて眩《まぶ》しかった。顔が良すぎる。

聖女たちが騒いでいたのは、この端整《たんせい》な顔のせいだと納得してしまう。

そして今、何と言いました⁉

目を丸くして呆然としていると、神父様が私の困惑顔に呆れて説明をしてくれた。

「ミュスカ、レスター様は聖女を必要とされている。聖女に仕事を頼みに来たのだ」

あぁ、だからみんな自分が行きたがったのか……

「本当に私が行っていいのですか？」と言いたくなるほどに、壁に一列に並ぶ聖女たちからは「断れ！」という無言の圧力を感じる。

「すぐに来てくれるね？　荷造りを手伝おう。部屋はどこだ？　教会に住んでいると言っていただろう？」

「えっ……？　でも……」

「君の荷物を運ぶために今日は馬車を三台準備してきた。足りなければすぐに追加で手配しよう」

「は……!?」

急な展開に訳がわからず戸惑う私をよそに、レスター様は迷わずに私の腰に手を回すと、そのまま部屋の外に連れ出した。

金貨一枚を受け取るのを遠慮していた時とは違い、意外と強引だ。

「部屋はどこだ？」

「えっ？　あの……裏庭に……」

「では、案内をしてくれるか？」

「は、はい……」

なぜか凄く嬉しそうに満面の笑みで見つめてくるこの方は何なのでしょうか。疑問しかない。怪しいとさえ思える。

そして、言われたままに案内している私って大丈夫？

いつも仕事を当然のように押し付けられているせいか、断るという行為ができず、素直に案内してしまう自分がわからない。

「ミュスカ。君をミュスカと呼び捨てにしていいか？」

「は、はい。あの、あなたのお名前は？」

「レスターだと言っただろう？」

いや、お貴族様ですよね？　いきなり名前を呼べと？

姓は⁉

私みたいに姓がないとは思えない！

「あの……姓は？」

「ただのレスターではダメか？」

「………⁉」

ただのレスターって何ですか⁉

黙り込んでしまった私に、レスター様は困らせたくはないというようにやっとフルネームで名乗ってくれた。

「……ヴォルフガングだ。レスター・ヴォルフガング。だが、レスターと呼んで欲しい」

「……ヴォルフガング様？」

「レスターだ」

ヴォルフガング様とお呼びしたら、私の腰に回している手に力が入った。

一度立ち止まり、不服そうに私の顔を見つめてくる。

どうやら、どうしても名前で――レスター様と呼んで欲しいらしい。

「……レスター様？」

「呼び捨てでもいいんだが……」

「それは……ちょっと無理です……」

「そうか……では今は我慢しよう」

我慢って何ですか？　今はって何ですか？

一生呼び捨てになんかできないですよ⁉

そんな疑問をよそに、レスター様はまた歩き出した。

しかし、腰に回している手は離れない。

チラリとレスター様を見上げると、また笑顔をこちらに向けていて、しかもばっちり目が合ってしまった。

またしても思う。顔が良すぎる！

恥ずかしさから勢いよく目を逸《そ》らすように下を向くと、レスター様はクスッと笑う。

「どうした？　ミュスカ」

「す、少し離れて下さるとっ……」

レスター様は私が恥ずかしがっていることが絶対にわかっている気がする。

男性のこんな甘い対応に慣れない私は、悪戯《いたずら》っぽく聞いてくるレスター様にそう言うのが精一杯だった。

「初々《ういうい》しいな……」

何が⁉

この方は一体何をしに来たのですか⁉

あの雨の中、どんよりと眉間にシワを寄せて佇《たたず》んでいたレスター様はどこに⁉

そして、私の初の金貨一枚は⁉

いたたまれなくなり思わず早足で歩くが、レスター様も私の歩幅に合わせて離れてくれない！

足の長さの違いか⁉

私の借りている部屋という名の物置小屋につく頃には、私はハァハァと息づかいも荒く、レスター様は涼しい顔のままだった。

その素敵なお顔をぐるりと回して部屋を眺めると、だんだんと笑顔だった表情が曇《くも》っていく。

「……ここに住んでいるのか？」

「そうです」

ボロくてすみません。

元々は物置小屋です。今も物置小屋にしか見えませんが。

ベッドだって、脚が折れて使えなくなったのを貰ったやつだ。新品のベッドなんか買えませんからね。

折れた脚の代わりに要らなくなった本で支えているような壊れかけの家具しかないこの部屋に、レスター様はびっくりしている。

持ち物すべてを持って行こうかとレスター様に言われたが、荷物はほとんどない。必要なものは聖女の服二枚に、お出掛け用の服一枚だけだ。それらを、慌ててまとめて手近な袋に入れた。

大体、仕事に出向くだけなら部屋の荷物を全部なんて要らないと思う。というかそもそも本当に荷物自体がないし。

それに、このベッドを持ち運ぶ勇気はない。廃品回収に出される自信がある。

レスター様も、さすがに家具を運び出すつもりはないようでちょっと安心した。

「家具類はこちらで準備しよう。荷物を貸しなさい」

「……あの……仕事をしに行くだけですよね？」

「仕事も頼むが……君を連れて帰りたい」

「はぁ……」

聖女の仕事のために一時的に連れて帰りたいってことですよね？

そうですよね？

訳もわからずにじっとレスター様を見上げると、レスター様は目を細めてまた少し笑みを見せた。

ほんの少し、彼の目の下が紅潮《こうちょう》している。

「昼食も予約してある。さぁ行こうか？」

「は、はい」

昼食の予約って何でしょうか？

レスター様の台詞《せりふ》すべてが私にはしっくりこない。どことなく食い違っているような違和感を覚えるが、ＮＯと言えない平民孤児の私は流されるしかない。

彼は、私の服の入った荷物を抱え、また私の腰に手を回して歩き出した。

ちらりと横に視線をずらすと、彼の細くて筋張った男らしい長い指にドキリとする。

状況を理解しきれないままレスター様に連れて行かれる。裏庭から教会の正門に戻ると神父様や聖女たちが立ったまま待っていた。

顔につられたであろう聖女たちだけでなく神父様まで見送りなんて、やはりレスター様はかなり身分が高い方なのではと勘ぐってしまう。

「教会の外までの見送りはいい」

淡々とそう告げるレスター様に、あの雨の日も見送りを断ったのだろうと察した。

だから教会の前で一人、無一文で佇《たたず》んでいたんだと。あの時のレスター様は、本当に暗い雰囲気だった。空気すらも淀《よど》んで見えたのだから。しみじみとそう思い出す。

「ではミュスカは貰い受けるぞ。何か問題があればヴォルフガングに来い」

「はい！」

神父様……良いお返事ですね。

そんな元気な返事は初めて聞きましたよ。

そして、貰い受けるとはなんでしょうか？

「レスター様。私は仕事で行くんですよね？」

説明も何も聞いていない私は、再度確認するようにレスター様に尋《たず》ねた。

「君のためにレストランを予約している。さぁ行こうか」

仕事は？　微妙に返事がかみ合っていない。

教会から早く出たいのか、レストランに早く行こうというレスター様。その彼に連れられる私を、教会の聖女たちは睨《にら》んでいる。

でも私……何もしてないのですけど。その視線はちょっと怖いけど、今は恐怖よりも困惑が勝っている。

私の疑問をよそに、レスター様は準備していた馬車に私を乗せる。そのままガラガラと馬車は出発してしまった。

「どうした？」

「……いえ……」

馬車の中で隣に座り、にここと私を見つめるレスター様と、こんな立派な馬車に乗るのが初めてで緊張でガチガチの私。温度差が激しく、さらに落ち着かない気持ちになる。

そもそもなぜここに居るのかがわからない。さっきまでいつも通りの仕事をしていたのに……

馬車内の座面は革張りで座り心地が良く、お尻も痛くない。さすが、お貴族様の馬車。

街の外に結界を張りに行く時に使う馬車の座面は木製で、長く乗るとお尻が痛くなっていた。こんな立派すぎる馬車に乗る日が来るなんて、思ったこともなかった。

「ミュスカ。礼を言うのが遅くなったが、この間は傘と金貨をありがとう。とても助かった」

「いえ、お役に立てたなら……」

初めての豪華な馬車に落ち着かない私に、レスター様は丁寧にそう言ってくれた。

……ちょっとびっくりした。

まさかお貴族様が私なんかにお礼を言うなんて思わなかったから。

「どうしたんだ？　ミュスカ」

「……い、いいえ。お礼を言われるとは思わなかったので……」

「どうしてだ？　俺はあの日、ミュスカのおかげで濡れずに帰ることができた。とても感謝しているよ」

「どういたしまして……」

その整った顔で見つめられるとなんだか怪しい。

こんなイケメン貴族様が私に本気でお礼を言うのかしら。

しかも、レスター様は恥ずかし気もなくじっと目を合わせてくるので、照れてしまう。

「……あの、レスター様。お仕事の依頼でいらしたんですよね？　なんのご依頼ですか？」

「仕事については邸についてから話そう。どのみち、明日からになるからな」

「お邸って……」

「俺の邸だ。雪の街スノーブルグを知っているか？　そこに邸があるんだ」

すっごく遠いんですけどー!?

まさか、仕事と偽って孤児の私を売る気じゃないですよね！

聖女という付加価値があっても誰も捜さないような平民の孤児だから、どっかの変態貴族とかに売る気ではないですよね!?

もしくは変な商人とかに売られたらどうしましょう！

なんだか怖くなってきた……！

馬車の窓枠に手をかけてずりずりと体をずらし、少しでもレスター様から距離を取ろうと窓にぴったりと寄る。

すると、レスター様は私を窓と彼の間に挟むように手を伸ばしてきた。これでは逃げられない。

余りの近さに思わず「ヒッ!?」と悲鳴が出てしまい、動悸もする。

「どうしたんだ？　まだ街中だから窓の外は珍しくないと思うが……」

「……す、少し離れて下さい！」

窓にしがみつき、赤くなったままそう言うのが精一杯だった。

「……男に慣れてないんだな……。良かった……」

ポツリとレスター様が何か呟いたが、自分の心臓のほうがバクバクして気になってしまい、彼の声は聞きとれなかった。

「あの……？」

「……俺が意外と狭量《きょうりょう》な男だったということだ」

聞き返そうと少しだけ振り向くと、私の髪を撫でながらレスター様はそう言った。

そして思う。

何の話!?

「ミュスカ、邸までは長い。先ほど伝えた通り、レストランを予約してあるんだ。食事をしてから行こう」

レスター様が行くようなレストランで私が食事できるのかしら？

食べ方とか、決まりがあるんじゃないのかしら。そんなの全く知らないんですけど⁉

「ふ、普通の食堂とかですよね⁉」

「食堂かな？　個室を予約するように手配したのだが……」

それは、絶対私なんかが入れないレストランですよね！

「……私……マナーが……」

レストランに入る前から不安になり、大きな心の声とは裏腹に声が小さくなってしまう。

「……ミュスカはいつも何を食べているんだ？」

「残り物のパンとか……」

だって、少ないお給料から必死でお金を貯めていたから、とにかく食費を削りたかったのだ。パンは残り物としていただけることが多く、毎日の私の主食だった。

「そうか……君との初めての食事だ。楽しいものにしたい。マナーは気にしなくて大丈夫だから」

「は、はいっ」

そして、レストランの前に馬車が止まり、レスター様がなぜか私の手を引いて降ろしてくれた。

もちろんエスコートなんてされたことのない私には、それもしっくりと来ない。

「ミュスカ、少し待っていてくれ」

「はい」

なんで私は、ここに立っているんだろう？

凄くお洒落《しゃれ》で、貴族しか入れないだろう豪華なつくりのレストランの外観を眺めていたら、レスター様が馬車の扉を開けた従者に何かを話しているのが聞こえた。

耳を澄ますと、微かに「メニューを……」と聞きとれたが、話の中身まではわからなかった。予約の確認でもしていたのだろうか？

話が終わって戻ってきたレスター様は、また私の腰に手を回す。その体勢のまま、レストランの中に連れて行かれた。

中に入って個室に案内されると、椅子を自然に引かれて座らされる。流れるような動きで、断る隙がなかった。でも、椅子を始め、部屋の中のものが高級過ぎて落ち着かない。

職人の手作りだろうガラスの花瓶に薄桃色と白の花が飾られており、調度品には細かな装飾が施されている。壁には有名な方の絵画だろうと思えるものまである。部屋の真ん中には、ラウンドテーブルに、染み一つない真っ白なテーブルクロス。その上に並べられた白い陶器のお皿に、レストランのスタッフがミートパイを綺麗《きれい》に載せた。

さらに、パイの横のサラダにはチーズを削りながら振りかけている。

見るからに美味しそうで、目が輝いてしまう。

「ミュスカ、さぁ食べようか。他にも好きなもの、食べたいものがあれば何でも言ってくれ」

レスター様は、にこりと笑顔でそう言うと、添えられていた紙でパイを包み、手に持ってかじりついた。こう食べるんだよ、とまるで教えてくれているみたいに思える。

レスター様を真似するように、私も紙でパイを包んでかじりついた。

こんな高そうなレストランだから、複数のナイフとフォークを使うような料理が出てくるかと思ったが、このメニューでちょっとホッとしてしまった。

温かくて、さっくりしていて美味しい。パイの中のミートソースも具がたくさんで食べ応えがあった。

サラダの野菜もフォークを刺すとしゃきしゃきと音がなるほど、新鮮そのもの。振りかけられたチーズとドレッシングの相性がとても良く、こんなに美味しいサラダは初めてだった。思わず頬が紅潮《こうちょう》する。

「ミュスカ、美味しいか？」

「はい。凄く美味しいです……！」

「それは良かった……」

私の返事に、レスター様はホッとして満足そうな顔をする。どうしてこんなに優しくしてくれるのかわからないけど、私も美味しい食事と彼の優しい雰囲気につられて笑顔になってしまう。

手づかみで食べられる食事。これが貴族の食事とは違うことには薄々気がついている。

彼の気遣いに、周りの空気まで柔らかく感じる。こんなに心が温まる食事は初めてで、胸にジワリと感動が湧き起こる。

「レスター様……お食事、ありがとうございました」

レスター様はよくわからない方だけど、ご馳走になったんだからと、緊張しながらもお礼を言った。

「君には感謝してもしきれない。礼を言うのは俺の方だ」

「……もしかして、お食事は金貨のお礼ですか？」

「礼というほどではないが……君には何でもしてやりたい」

「はぁ……」

凄く豪華なお礼でしたけど……。私には、一生に一度のことだと思う。

食後にはデザートまで出てきて、フルーツいっぱいのケーキに涙が出そうだった。最低限の食事しかしていなかった私は、人生で初めてお腹がいっぱいになった。

食事を終えると、馬車がレストラン前で待機していて、いったいいつ連絡をしたのだろうと呆気《あっけ》に取られている間に、またもエスコートされてしまった。

レスター様は私に手を差し出すと、「さぁ」と手を添えることを促す。

従わないといけない雰囲気を感じ、びくびくしながら差し出された彼の手のひらにそっと手を乗せる。

私がエスコートに応えたのを見て、愛おしそうな表情を見せるレスター様。お貴族様の考えていることはさっぱりわからないが、私も緊張からくる動悸で気が動転していることは間違いない。

馬車に乗り込むと、レスター様はレストランに行く前同様になぜか向かいの席ではなくて隣に座った。端整《たんせい》な顔をこちらに向け、何事もないように話しかけてくる。

「先日、聖女を求めてコンスタンの街に向かった時は、街道に雪が降り積もっていたからディーゲルを通って来たんだ。でも、今日は不思議と雪が落ち着いているし、街を通らずに一気にスノーブルグへ向かおうと思っている。どこにも連れて行けなくて申し訳ない」

コンスタンとスノーブルグの街の間には、山間《やまあい》の街ディーゲルがある。

基本的にはその街を通過してスノーブルグへ行くのが一般的だが、雪が落ち着いている時だけ通れる街道がある。それを使うとディーゲルを通過しなくてもコンスタンからスノーブルグへ抜けられて、かなりの時間が短縮できる。それでも、馬車で半日以上はかかるけど。

「大丈夫です。お仕事ですから。馬車に長く揺られることは慣れてます」

魔除《まよ》けの結界を張りに行ったり、市民からの依頼で聖堂騎士団と魔物討伐《とうばつ》に行ったりすることが過去にもあった。馬車の旅に慣れていない訳ではない。慣れていないのは、この豪華すぎる馬車だ。

しかも、馬車の中は二人だけで、真横にレスター様がいる。離れる気配はない。緊張する。

「ミュスカ。ここには俺たち二人だけだ。まだ先は長いし、力を抜いてくれないか？」

「そ、そうですか……」

緊張しっぱなしの私にレスター様が、柔らかい口調で言う。

できるかぎり窓辺に体を寄せてレスター様と間合いを取ろうとしている私に、「困ったな」と呟きながらも彼は楽しそうだ。

そして、ほんの少しだけ離れてくれた。優しい。

そんな様子で馬車は何事もなく進み、スノーブルグへ向けて街道をひたすら走っていた。

時おり粉雪が舞ったが、街道に降り積もるほどではなく、馬車の車輪が雪に取られることはなかった。

「順調に進んでいるな。ミュスカに『聖女の加護』を付与してもらった日も、こんな風になんの問題もなく帰れたんだ」

「ご無事で良かったです。実は心配していました」

あの日は、レスター様が余りにどんよりしているから、このまま行き倒れになるんじゃないかと本当に心配した。

「君は本当に優しいな……ミュスカに会えてよかった」

彼は、私が心配して加護を付与したことに感無量のようだ。加護をこんなにも喜んでくれる方は初めてで、私まで柔らかい気持ちになる。

すると、レスター様は向かいの座席を持ち上げて、その中からなにかを取り出した。

出てきたのは、あの初めて買った傘だ。

「これも返さないと……と思って大事にしていたんだ」

小銭を金貨に換えたときに余ったお金で買った、お貴族様からすればどうでもいいような平凡な傘なのに、レスター様はそれを大事にしまっておいてくれた。傘を返してもらったことも嬉しいけど、彼の気持ちが嬉しかった。

「あ、ありがとうございます」

傘を両手で抱きしめるようにしてお礼を言った。思わず微笑むと、レスター様も笑顔を返してくれた。

「でも、馬車が揺れた時にぶつかっては危ないから、またここにしまっておいてもいいか？」

「はい。よろしくお願いします」

ほんの少し再会した傘をまたレスター様に渡すと、彼は丁寧に座席の下に片付けた。

平民の私に優しいなぁと思って心が温かくなるのと同時に、だんだんうとうとしてきた。レスター様が優しくて、馬車の中が教会にいた時みたいに意地悪な空気じゃなかったからかもしれない。こんな穏やかな空気は初めてだったのだ。

何度か休憩をはさんだが、その間も温かいお茶を出してくれたり、ブランケットをかけてくれたりと至《いた》れり尽《つ》くせりだった。

順調な移動に、優しい空間。

うっとりと私を見つめるレスター様の意図はわからないから、見なかったことにして、気がつけば私は穏やかな馬車の中で瞼《まぶた》を閉じてしまっていた。

◇

「ミュスカがまだ眠っている。暖かい毛布を持って来てくれ」

「かしこまりました」

男性がレスター様にそう返事をした。

「ミュスカの部屋は暖めているか？」

「はい、温かいお茶もすぐに出せますよ」

今度は女性の声がした。

少し寒さを感じる中、そんな会話がだんだんと聞こえて来ていた。目を覚ますといつの間にかレスター様の膝に頭を乗せて眠っていたことに気付き、はっとする。

いつの間に⁉

怒られると思い、慌てて頭を上げてすぐさまレスター様に謝った。

「す、すみません！　私……！」

どうしよう、と軽くパニックになるが、レスター様は全く怒ることなく頭を撫でてくれた。

「ミュスカ……落ち着いて」

「でも、私……寝てしまって……レスター様に失礼を……」

無礼者、と怒られると思い、焦りで頭がいっぱいになる。どう謝罪すればいいだろうと必死に考えを巡らせるが、まとまらない。

それなのに、レスター様は嫌な顔一つせずに優しく接してくれる。

「失礼なことなんてしていないから大丈夫だ。……泣くほど疲れていたのか？」

「な、泣いてません……！」

あまりの優しい反応に、目の縁に少し涙がたまってしまっていたようだ。それを急いで拭《ぬぐ》う。

寝ていた私の身体には、ひざ掛けにしていたはずのブランケットが肩まで覆うように掛けられており、レスター様が私を気遣ってくれたのがわかる。

それでも、馬車の開いた扉からの冷気に「くしゅん」とくしゃみが出た。

「スノーブルグの街は特別寒いんだ。これを羽織りなさい」

レスター様が自分の上着を差し出してくれた。

「でも、レスター様が……」

「ミュスカの方が大事だ。風邪を引かせるわけにはいかない」

私のほうが大事とかなんとか、幻聴が聞こえた気がする。

まだハッキリと目が覚めていないのだろうか。

レスター様にコートをかけられ、しかもまた腰に手を添えられて馬車を降ろされると、こんなに良くしてもらえるなんて、やっぱり夢かなぁと思う。

でも、すぐに違うと実感した。眠っているとは思えないほど寒かったのだ。

私がいた教会のあるコンスタンの街も夜は冷えるけど、そんなものじゃない。空気が本当に冷たくて、肌に刺さるようだ。思わず身体がぶるっと震えた。

コンスタンを出たのは朝早かったけれど、いつの間にかもう夜になっていて、真っ暗だ。玄関と馬車の灯りの中、呆然と空を見上げると、しんしんと雪が降っている。少ない灯りの中だからだろうか、舞い落ちる雪がとても綺麗《きれい》に見えた。

「レスター様！　毛布です！」

邸の使用人の方が走って毛布を持って来た。レスター様はそれを受け取ると、私に「寒かっただろう」とかけてくれた。

「レスター様は？」

「ミュスカは優しいな……俺のことは気にしなくていい」

優しいのはレスター様だと思う。

こんな平民の最低限の生活すらできていない貧乏聖女に優しくするなんて不思議だ。

そして、このお城はなんですか!?

邸と聞いていましたが、この大きさはもはやお城なんですけど!?

やっぱり私、売られる!?　明日にはこれが仕事だとかなんとか言って売る気じゃないですよね!?

私が入っていいような邸じゃないんですけど……！

「ここはどこですか!?」

「俺の邸だ。今日から一緒に住もう」

「………はい？」

「君には金貨の礼をしたい。今日からミュスカもこの邸に住んでくれ。部屋も準備している」

お城みたいな邸の前でレスター様に肩を抱かれて、寒さとは別に私は思考が止まってしまう。

今なんて言いました!?　一緒に住もう!?

このお城みたいな大豪邸に!?

まさか金貨一枚の、そして傘を貸したお礼がこの大豪邸に住むこと!?

金貨一枚で借りられるような部屋じゃないですよね!?

そして、仕事はどうなりましたか!?

「あの……レスター様、仕事の間だけですよね？」

おそるおそる聞いてみる。

「聖女の仕事でお願いしたいこともあるのは確かだが、それとは別にミュスカにはここにずっと住んで欲しい」

「いつまでですか⁉」

「ずっとかな」

ずっとって何⁉

無期限契約なんてしましたかね？

確かに、教会で私を「貰い受けるぞ」とか言っていましたけれども！

ハッ⁉

この優しいレスター様が、私にまさかの愛人希望をしてきたってことですか⁉

聖女を欲しがる貴族は確かにいますけども！

「レ、レスター様……私……愛人はできません！」

「何の話だ？　俺は独り者だが……」

何の話かわからなかったようで、レスター様は無表情のまま不思議そうに首を傾げた。

「だって、ここに住めって……」

愛人として私を囲うつもりでは⁉

「金貨の礼にこの邸で好きに過ごしてくれたらいいんだが……」

「金貨一枚でこんな大豪邸に住めるなんておかしいです！」

怖い！　裏があるのではと怖くなる。

「この邸が気に入らないなら、ミュスカが好きな邸を準備しよう。俺が持っている邸で気に入るものがないなら、好きな邸を買ってやろう」

「か、買う⁉」

目眩《めまい》がしそう！

視界がグルグルします！

あまりの発言に足元がおぼつかなくなりフラリとするが、レスター様が肩に手を回しているために倒れることはなかった。いや、できなかったが正しい。

ふらついた私を見て、レスター様の様子がおかしくなる。いや、人命救助のつもりかもしれないけど……！

「ミュスカ⁉　大丈夫か⁉　大変だ！　すぐに部屋に行こう！」

倒れそうな私をレスター様はいきなり横抱きに抱えて、早歩きで邸の中をずんずん進んで行った。

「レスター様……っ、ちょっと待って下さい！」

「ミュスカに何かあっては大変だ！」

ひぃー⁉

行動力についていけない！

毛足の長い絨毯《じゅうたん》が敷かれ、調度品も立派な廊下を通る。

連れて行かれた部屋には、品が良く、落ち着いた印象のいかにも高級そうな家具。火がパチパチと燃えている暖炉。あらかじめこの部屋の住民のために火を入れていたのだろうとわかるくらい、部屋は暖められている。

その部屋のベッドに私を優しく降ろすと、レスター様は後ろからついて来ていた執事らしい使用人さんに指示を出した。

「アラン！　すぐに医者を呼べ！」

「かしこまりました！」

「ちょっと待ってー！」

医者って何⁉　かしこまらないでー⁉

「ミュスカ、大丈夫か？　やはり疲れているのだろう……」

そりゃ毎日毎日、聖女の仕事で疲れてはいる。他の聖女たちに仕事を押しつけられてもお給料は変わらないし……でも、そういうことではない！

「かわいそうに……」と言いたげな切ない瞳で私を見るレスター様は心痛しているようだ。

そんな瞳を向けられている私はといえば、この抱きかかえられた体勢に困惑と羞恥《しゅうち》と……色んな感情で目がさらに回る。

「レスター様！　お医者様はいいです！」

「しかし……ミュスカに何かあれば……」

「何もありません……っ！」

混乱しきってとにかく拒否しなければと慌てる私を見て、レスター様はアランと呼んだ執事らしい方を下がらせた。

私と目線を合わせるように膝を折り、「どうした？」と優しく聞いてきた。

整ったお顔が目の前に近付き、また訳がわからなくなる。

それでも、頑張ってこの状況はおかしいと思うことをレスター様に話した。

「わ、私がお渡ししたのは、金貨一枚だけです。お礼としてこのお邸に住むというのは金貨一枚の価値を超えていると思うんです！」

「そうか？」

そうに決まってます！

私の方がおかしなことを言っているような気になるくらい、レスター様は不思議そうな表情をする。

「ふむ」とほんの少しだけ考えると、急に立ち上がってテーブルの上の宝箱みたいな小箱を手に取り、私に差し出してきた。

本当なら、こんなきれいな小箱を差し出されたらワクワクするのかもしれないが、今の私にはワクワクは全くない！

次は何が出てくるのか、むしろちょっと怖いくらいだ。

「これをミュスカに……」

気にせずに話を進めるレスター様は私の前に跪《ひざまず》くと、パカリと小箱を開いた。中には金貨がぎっしりと詰まっている。

レスター様も眩《まぶ》しいけど、金貨も眩《まぶ》しい！

あまりのことに思わずくらりとしてしまい、座っているベッドにそのままぱたりと倒れた。

「ミュスカ!?　どうしたんだ!?」

あぁ、どうしてこんなことになっているのでしょう？

今日は、いつも通り朝早くから冷たい水で身体を拭き、通いの聖女たちが来るまで癒《いや》しを求める方々の対応をした。

通いの聖女たちが来たら、アミュレットに『聖女の加護』を付けて（押しつけられたノルマの分まで）、掃除をするはずだった。

なのに、いきなり神父様に呼び出され、レスター様にお会いした。馬車に乗せられ、美味しい食事をいただき……そしてレスター様の大豪邸に連れてこられた。

目の前にはなぜか私に跪《ひざまず》く彼。そして、先日お渡しした金貨一枚どころか沢山の金貨が詰まった小箱。

なぜ――――!?

「ミュスカ!?　やはり体調が悪いのか!?　こんなに痩《や》せているし、栄養失調か!?」

レスター様はベッドに倒れた私の左右に両手をつき、上から覆い被さるように覗き込んだ。

襲われる!?　と一瞬びっくりしたけれど、レスター様は焦りながらも私のことを心配してくれているようだ。

栄養は確かに足りていないだろうけど、そんなに心配してもらうほどではないと思う。

いつも残り物のパンを食べているし、癒《いや》しをかけたお礼にとこっそりリンゴを貰って食べたこともある。まったく食べていないわけではないから。

そんなことを考えるよりも、この体勢をどうしていいのかわからない！

「レ、レスター様っ……体調は大丈夫です！　ですから……」

「本当か⁉」

「本当です！」

力いっぱいそう返事をした。

レスター様の視線から逃れるため、ベッドの上で横を向いて丸くなる。

教会では、風邪を引いた時でさえ私のことを心配した人はいなかった。せいぜい他の聖女たちが私にノルマを押し付けられないのを残念がっただけだ。

なのに、ほぼ初対面のレスター様が、ちょっとふらついただけでこんなに心配してくれるとは……

しかし……！

「レ、レスター様！　少し離れませんか？」

お貴族様に意見するなんて、と怒られてもいい！　この距離でお話は私にはできない！

「離れたくないんだが……」

ポツリと呟くレスター様だが、なんとか離れてくれた。

心配している風だったし、私みたいな貧相な平民を襲う気なんて最初からなかったとは思うけど……距離感がわからなくて戸惑いしかない。

「……隣には座ってくれるか？」

「は、はい！」

レスター様の隣もおそれ多いけど、上から覆い被さられるよりはいいはず。

そのまま二人でソファーに移り、やっとゆっくり話を始めることができた。

「とりあえず、金貨は一枚でお許し下さい。私がお渡ししたのは一枚だけです……」

「しかし、礼をしたいのだが……」

本当に許して下さい！　金貨ぎっしりなんて眩《まぶ》しすぎます！

思わず拳に力が入る。

レスター様は納得できないようで葛藤《かっとう》を見せたが、私を困らせたくない気持ちのほうが勝ったみたいだった。ため息をつきながらもようやく金貨ぎっしりの小箱を下げてくれた。

「ミュスカ、手を出してくれ」

とりあえずは小箱を下げてくれたから、と素直に両手を出すと、レスター様は私の手をそっと握り、金貨を三枚チャリンと手のひらに載せた。

「レスター様……あの……」

「ひとまず、金貨を返したい。ミュスカ、先日は本当にありがとう」

結局多く返ってきてしまったが、金貨三枚なら小箱ぎっしりよりはまだましだと自分に言い聞かせ、拒否することなく受け取る。

やっと金貨が返ってきたことを嬉しく思い、レスター様にお礼を言った。

「レスター様、ありがとうございます。全財産だったので……」

思わず噛み締めるように言葉がこぼれ、口元が綻《ほころ》んだ。

「君は全財産を通りすがりの俺に……？　本当に悪かった。ミュスカのおかげで助かったんだ」

「お役に立てて良かったです」

レスター様は「本当にありがとう」と私の髪をすくように優しく撫でて言った。

見つめられると何だか照れくさくなるほど、レスター様は優しい雰囲気を醸《かも》し出している。そもそも、私なんかが近付いてはいけないぐらい素敵な容姿をしていらっしゃる。

そんな人に撫でられている照れくささを隠すように、仕事の話を振った。

「レ、レスター様、聖女に頼みたいお仕事とは？」

「聖女の『豊穣《ほうじょう》の祈り』が欲しい。最近は作物の出来が悪く、飢饉《ききん》に陥る前に聖女に来てほしかったんだ」

「それなら大丈夫です。私でも『豊穣《ほうじょう》の祈り』はできます。明日にでもすぐにしますね」

「助かるよ。もし疲れているなら日にちはずらしてもかまわないが……」

「大丈夫ですよ。明日やってしまいましょう」

「では、お願いしよう」

やっと仕事の内容を聞けたし、レスター様も大人しくなった。そのことにホッとする。

隣で見つめられるのはちょっと気になるけど……

初めて会ったときは、どんよりとして暗い印象を抱いた灰色の瞳。今は優しさを湛《たた》えて私を真っすぐに見てくるから、なんだかドキドキしてきた。

お邸や金貨に焦っていた時の動悸とは違う、胸が温かくなるようなときめきをほのかに感じた。

レスター様とお互い無言で、でも心が通じ合っているかのような心地良い沈黙の中で見つめ合っていたその時。

コンコン――

扉からノックの音がした。

「レスター様、お食事の準備が整いました」

ちょっといい雰囲気の中、扉の向こうから使用人の方の呼び掛けが聞こえる。

レスター様に目を奪われ、ほんの少しときめいてしまっていたせいか、扉越しとはいえ急に呼び掛けられてビクッとしてしまう。彼は私と違い動揺すら見せない。

「ミュスカ、お腹が空いただろう。サロンに食事を準備させている。一緒に食べよう」

「はい」

こんな深夜に食事を出してくれるなんて凄い。

そして、当然のようにまた腰に手を回されてサロンに連れて行かれると、美味しそうなリゾットやチーズにハムに……と豪華な食事が所せましと並べられていた。

「もう遅い時間だから軽めの夜食にしてもらったのだが……足りるだろうか？」

これが夜食⁉

私にとっては煌《きら》びやかなご馳走ですけど……

普段、レスター様は何を食べているのだろうか？

平民、しかもその中でも貧しい生活をしている私と貴族のレスター様とでは、生活のレベルが違い過ぎる。

やはり、この邸に住むのは無理だと思う。私には不釣り合いだ。

そう思うと表情が曇《くも》り、顔を上げられない。

しかも、夜食といいながら給仕さんまでいて、お茶一つ自分で淹《い》れることもない。

「お嬢様、お茶をどうぞ」

「あ、ありがとうございます……」

私は全くお嬢様ではないけど、使用人の方も丁寧に接してくれる。

「ミュスカ。彼は、執事長のアランだ。給仕や使用人のことなど、邸内を取りまとめている。困ったことがあればなんでも相談するといい」

「し、執事……」

執事なんて初めて見た。

「お嬢様、よろしくお願いいたします。どうぞアランとお呼びください」

年配のアランさんは、長年ヴォルフガング辺境伯邸に仕えている執事らしい。厳しそうな顔だけど雰囲気は優しく、穏やかな感じにみえた。

アランさんの後ろには下僕《フットマン》もおり、彼ら二人も私に一礼する。

「は、はい！　よ、よろしくお願いしますっ！」

使用人とはいえ、こんな大豪邸に仕えている彼らは貧乏聖女の私よりもいい生活をしていると思う。私は貴族の聖女たちと違って自分で聖女の衣装を用意できないから、教会から支給された粗末な聖女の服を着ているのに……

お洒落《しゃれ》どころか身だしなみを整えることすらままならない私と違って、彼らはとても清潔で綺《き》麗《れい》だ。

そんな彼らに頭を下げられて、私は慌てて立ち上がり頭をこれでもかというくらい下げた。

「ミュスカ。座ったままで大丈夫だ。さぁ、座ってくれ」

立ち上がった私にレスター様も立ち上がり、恐縮《きょうしゅく》している私の側に来て椅子に座るよう促した。

おそるおそる座ると、彼も席に戻る。

「お嬢様。お砂糖はいかがですか？」

「だ、大丈夫ですっ」

アランさんが、ビクビクする私に優しく勧めてくれた。

凄く気を遣ってくれている気がする。緊張してしまい慌ててお茶を飲んだ。

レスター様は、上品に音もなくお茶を飲んでいる。

「ミュスカ、今湯浴《ゆあ》みの準備もさせているから、部屋に帰ったらゆっくり休みなさい」

「湯浴《ゆあ》み……？　部屋？」

「ミュスカの部屋にも浴室はあるから、ゆっくりお湯に浸《つ》かれるぞ」

「へ、部屋にお風呂があるんですか？」

部屋にお風呂があるなんて凄い！

「メイド二人に湯浴《ゆあ》みを手伝わせるからゆっくり寝支度をするといい」

「ひ、一人で大丈夫です！」

湯浴《ゆあ》みを手伝うって何でしょうか？

レスター様は、アタフタとした私を見てクスッと少し笑う。

アランさんは、そんなレスター様になんだか少し嬉しそうだ。


美味しい食事を終えた後、あの豪華な部屋にまた連れて行かれた。

さすがに湯浴《ゆあ》みまではついて来なかったレスター様は、「ゆっくり休んでくれ」と言って部屋を後にした。

本当にお部屋に備え付けられていた浴室では、メイドさんたちが湯浴《ゆあ》みの準備をしてくれている。

「お嬢様。さぁ、どうぞ」

「は、はいっ」

若いメイドさんが、丁寧に私の服に手をかける。するすると脱がされ、腕や肩が露《あら》わになると少しだけ彼女の手が止まってしまった。貧相な身体だから、驚いたのだろうか。

これ以上、人に服を脱がされるのはさすがに恥ずかしい。

裸でお世話をされることなんて初めてで、緊張と羞恥《しゅうち》でいっぱいだ。

「あ、あの、一人で大丈夫です！　その……ゆっくりと入りたいので……」

どうか許してください。私は貴族ではないのです。という願いを込めて言った。

「はい。わかりました。お疲れですよね。どうぞごゆっくりなさってください」

恥ずかしさであたふたする私に気遣ってくれたメイドさんたちは、朗《ほが》らかな笑顔で去っていった。

それでもタオルや石鹸《せっけん》など、何もかもが私が困らないように準備されていて、その優しさに胸がジンとくる。

遠いコンスタンの街からスノーブルグに半日以上かけてきたから、長旅で疲れているのだと勘違いされた気もするけど、今はその勘違いがありがたい。

いくらそれが彼女たちの仕事とはいえ、初対面の人にいきなり全裸を見せることには抵抗があるのだ。

自分で服を脱いで、いい匂いのする石鹸《せっけん》を泡立てて身体を洗った。

こんな石鹸《せっけん》は初めてで、本当に使っていいのか不安になるけど、同時に感動もしている。

浴槽に浸《つ》かると、お湯からもいい匂いがした。こんな贅沢《ぜいたく》なお風呂は初めてで、温かいお湯に身体がホッとしながらも、戸惑いが隠せない。でもごゆっくりと言われたし、せっかくだからしっかり温まろう。

ゆっくりと堪能《たんのう》した湯浴《ゆあ》みは、冷えた身体を十分に癒《いや》してくれた。温まり、「いざ寝ましょう」と部屋を見渡すと身体は固まる。

この豪華な部屋にベッド。私はどこで寝ろと⁉

天蓋《てんがい》付きの薄いレースの垂れ下がったベッド。こんなもの、触ったことはもちろん見たこともない。

このベッドで眠ることが恐ろしい。もし汚したら、私は一生かかっても弁償なんかできない。そもそも私はこんなので眠れる身分じゃない！

視線を下に移すと、床の絨毯《じゅうたん》には汚れ一つない。ここで寝ても大丈夫だろう。どう考えても、元・物置小屋だった私の部屋のほうが汚い。あの物置小屋のベッドよりも、この絨毯《じゅうたん》のほうがはるかに綺麗《きれい》だ。

そう考えて、ベッドの足元にかかっていた毛布を取り、そのまま包まって床に転がった。

◇

「ミュスカ!?　どうしたんだ!?　ミュスカ!?」

どれくらいいたっただろうか。

暖かい部屋で眠っていると、私の名前を叫ぶレスター様の声が聞こえた。その声でうっすらと目を開き、体を起こそうとするが、自分で起こすよりも早くレスター様に支えるように身体を起こされた。

「ひゃっ……！　レ、レスター様!?　あの……どうされました……？」

急に身体を起こされて驚き、変な悲鳴が出た。

レスター様はまるで緊急事態に直面しているような様子だった。

「ミュスカの方こそどうしたんだ⁉　なぜ床に⁉」

「私は、寝ようと思いまして……」

いや、すでに寝ていましたけど……

私がキョトンとして返した言葉に呆然とするレスター様。なぜかその後ろにいる女性の使用人の方も水差しを持ったまま唖然《あぜん》としている。

二人してそんな反応をされると、何か私はおかしなことを言ったのかと不安になってしまう。

「ミュスカ……っ」

レスター様が、奥歯を噛み締めるようにうめきながら抱き締めてきた。

「ひっ……！　レ、レスター様⁉　あの……っ！」

離れて欲しい！

慌てふためく私をよそに、レスター様は私を抱き締めたまま女性の使用人の方に「下がってくれ」と言った。

レスター様、距離がちょっと近すぎですよ！

女性の使用人さんが退出するとレスター様はやっと私を放してくれた。

「ミュスカ……」

「はい……」

お互いに床に座ったまま向かい合う。レスター様は、多分言葉を選んでいるのだろう。

床で寝ていた私に、なんと言えばいいのか困っているのがわかる。

「ミュスカ……こんなところで寝ていたら風邪を引くぞ。ベッドに入りなさい」

どうやら悩んだ末に、風邪を引くという理由にしたらしい。

でも、このベッドは大きくて立派で、天蓋《てんがい》まであって……

とても私が寝ていいようなベッドには思えない。

昨日まで小さくて古くて、壊れかけの粗末なベッドで眠っていた私には、この豪華なベッドで寝るのはおそれ多い。

「私はここで大丈夫です。このベッドは貴族様のものですし……もし汚したら弁償もできませんから……すみません」

膝に両手を揃えて丁寧に謝罪した。

「この部屋はミュスカのために用意した部屋だ。ベッドもミュスカが好きにしてかまわないんだ」

「そんなことを言われても……いきなりこんな立派なお邸には住めません！」

私のために用意した、と言われてもとても信じられず、困惑したままだった。

「……仕事が終われば教会に帰れますよね？」

「帰すつもりはないが……教会に良い思い出でもあるのか？」

良い思い出と言われても、ずっとあの教会にいたから何が良い思い出かわからない。

何か話せるような思い出はないだろうか……と思いを馳《は》せるが、そもそも教会に友人の一人もいないし、何も出てこない。それでも、一生懸命思い出して話した。

「アミュレットとかを市民の方が買い求めに来てくれたことでしょうか？　癒《いや》しに感謝されたこととか……？　でも、それは仕事ですし……」

「……そうか、それは良かった。だが、休みはあったか？」

「……なかったです」

ほんの少し思い出す。丸一日休みをもらえることは私にはなかった。

教会に住んでいるのだから奉仕しろと言われて毎日働いていた。世間の公休日なんかも私には関係ないものと思っていて、それが日常だったのだ。

「では、今まで休みを取れなかった分はこの邸で取ればいい。ミュスカは働きすぎだったんだ」

「そうでしょうか？　でもこの部屋はちょっと怖くて……」

レスター様の話は少し唐突で、どうにかして理由を付けてでも私にここにいて欲しい、と言われている気分になる。

働きすぎだと言われても、当たり前のことすぎて自覚できず、首をかしげてしまう。さらに、ここで休めばいいと彼は言うが、この豪華な部屋では今までと格差がありすぎて落ち着かない。

何をどんなに優しく言われても、この部屋自体が私には重く感じるのだ。

「せめて、地下か屋根裏部屋にして下さい。この部屋は私には分不相応です。納屋《なや》でもかまいませんし……」

「納屋《なや》なんかに入れたりしない……が、この部屋が落ち着かないなら別の部屋を準備しよう」

「はい……すみません」

優しいレスター様を困らせてしまったが、その優しさにどう応えていいのかわからず俯《うつむ》いてしまう。それでも、レスター様が私を蔑《さげす》んでいないのはわかる。

「……明日には新しい部屋を準備させるから、今日は我慢してこの部屋で寝てくれるか？　床ではなくベッドで」

そう言われても、やはりこのベッドはおそれ多いから、レスター様がいなくなったらまた床で寝ようと床をチラリと見た。その視線にレスター様が何かを察する。

「ミュスカが寝るまで隣にいよう」

「……なぜです？」

「ミュスカを床で寝させるわけにはいかない」

「見られていたら緊張して寝られないんですけど……」

「では、早くベッドに入ってくれ」

まさか、一緒にベッドに入って来ないですよね!?

びっくりするぐらい一日中くっついていましたけど。

「……離れてくれますよね？」

おそるおそる聞く。

「君から離れたくはないが……君を大事にしたい」

「美味しいご飯もいただきましたし、もう十分ですよ」

「ミュスカはもっと欲張った方がいい」

そう言いながら、私の手をすくうように取り、そのまま手の甲に口付けをしてくる。流れるようなその仕草に私はどきりとした。

お貴族様ならこんなこと普通なんだろうけど、私には初めての経験だ。

赤面し、「うぅーっ」と変な声が漏れる。反射的に目をぎゅっと瞑《つむ》った私にレスター様はくすりと笑い、立ち上がった。

「何もしないから心配するな。俺はソファーにいよう」

レスター様は私を立ち上がらせると、私が見えないようにと気を遣ってソファーに後ろ向きで座ってくれた。

この状況で床には転がれないため、渋々柔らかいベッドに入って肌触りの良いシーツを頭まで被った。ほんのりといい匂いまでする。

まさか、人生で寝ることを見張られる日がくるとは思わなかった。しかもあんなに格好いいお貴族様に。

私は、必死で動悸を抑えながらベッドの中で丸まって眠りについた。

◇

翌朝、目が覚めるとレスター様はいなくなっていた。さすがに一晩中私が寝ているのを見張ってはいなかったらしい。ホッとしながら着替えを済ませる。

何気なく顔を洗って目の前の鏡を見ると、そこに映る光景にまた信じられない気持ちになった。

鏡に映っているのは、可愛らしく花が飾られ、埃《ほこり》一つなく綺麗《きれい》に整えられた洗面所に所在無げに立っている私。いつものみすぼらしい格好をした私だけが、異物のように見えて落ち着かない。

この花瓶でさえ高いんだろうなぁ、とジィーっと見ていると、レスター様がやって来た。

「おはよう、ミュスカ」

朝から美形の笑顔を浴びると眩《まぶ》しく感じるのは私だけでしょうか⁉

「おはようございます。レスター様」

洗面所から急いで出て、彼にペコリと頭を下げる。彼は朝食の迎えに来て下さったみたいで、「さぁ、行こう」と食堂に連れて行かれた。

そして、やっぱり朝食も豪華だった。

しかも、こんな大豪邸なのに一緒に食べるのはレスター様と私だけ。向かいあって座っただけで緊張する。

席につくと、執事のアランさんが「お嬢様、お飲み物はどれになさいますか？」とすかさず聞いてくる。

紅茶も何種類か、さらにはコーヒーに牛乳……と誰がこんなに飲むの？　なんて思うくらい並べられていた。

大体紅茶の種類を言われてもどんな味かわからない。

なぜなら、特売で売っているやつしか飲んだことがないから！

「……牛乳でお願いします」

牛乳なら種類は一つしかないから悩まなくて済むはず。

給仕さんのいる朝食に緊張している私と違い、執事と下僕《フットマン》の二人はスマートに牛乳を注ぎ、パンや卵を目の前に並べてくれる。

マグカップで出された牛乳を見て、窺《うかが》うようにそのままレスター様に視線を向けると、笑みをこぼしながら軽く頷いてくれる。飲んでいいのだとわかり、マグカップに口をつけた。牛乳は温かく、甘みを感じた。

「……美味しい」

温められた牛乳ってこんなに美味しいのかと、思わず自然と言葉が出た。

「それは良かった」

レスター様もホッとしたようで、表情を緩めていた。


朝食の後は、すぐに仕事にとりかかるのかと思ったけど、その前に「庭を散歩しないか」と誘われた。連れて来られた私に拒否権はなく、レスター様と共に庭に行くことになった。

でも、外はパラパラと雪が降り始めている。

「コートを取ってくるから、ミュスカも着ておいで。アラン、スペンサーとメイドにミュスカの服を準備してやるように伝えてくれ」

「かしこまりました。すぐに行かせますので」

レスター様に連れられ、あの豪華絢爛《けんらん》な部屋に戻る。すると、部屋の奥にはさらに扉があり、彼が開けるとなぜか女性の服がズラリと並んでいた。

「好きな服を選びなさい。外は寒いからコートなども準備させている。気に入ったものを選んでくれ」

嫌な予感がする……。また目眩《めまい》がしそう。

ふらつきそうな足を必死に踏ん張り、おそるおそる聞く。

「……この部屋の服は？」

「ここはミュスカの衣装部屋だ。急ぎ持って越させたからサイズが合わないものもあるかもしれないが……次はきちんとサイズを測ろう」

やっぱり倒れそう！

サイズが合わないものって、合わなければどうするんですか？　この服たちは!?

いや、違う！

サイズの問題ではなく、これ全部私の服っておかしくないですか!?

くらりと目眩《めまい》を抑えきれなくなったところで、夕べ来た女性の使用人がやって来た。髪を一つに束ね、黒を基調とした使用人服はメイド服とは違う。一般のメイドよりも明らかに立場が上に見える。レスター様はその高齢の女性をスペンサーと呼んだ。

「スペンサー、庭を散歩するからミュスカを着替えさせてくれ。風邪を引かないような温かい装いで頼む」

「はい、すぐに」

「ちょっと待って下さい！」

二人はなんの引っかかりもないようでスムーズに会話をしているが、私はそうではない！

「これは私の服じゃありません⁉」

お願いだからそうだと言って！

「ミュスカのために準備した服だ。まだ半分も準備できていなくてすまない」

だめだ、やっぱり私の服だったし、すまないと言われる理由がまったくわからない！

「レスター様……私、これ以上はいただけません！」

美味しい食事に温かい寝床で十分すぎるくらいだったのに、そのうえ服までもらうなんて！　そもそも金貨はもう三倍にして返してもらったし……

「しかし、外は寒いぞ。防寒着もなく外には出せない」

「いつも寒い時はローブを二枚重ね着していますから……」

「それは防寒着じゃない」

寒いのはわかってるけど……

意固地に拒否する私に、スペンサーさんが横から笑顔で会話に入ってきた。

「お嬢様、レスター様に恥をかかせてはいけませんよ」

私が受け取らないとレスター様が困ると言わんばかりに、スペンサーさんはきっぱりと述べた。

笑顔のままなのに妙な威圧感がある。

「さぁ、レスター様は支度を済ませたら玄関でお待ち下さい。お嬢様は私どもがお連れします」

「では、必ず連れて来てくれ」

レスター様はスペンサーさんを信用しているようで、彼女に私を任せると「玄関で待っている」と言って部屋から出て行ってしまった。

残された私がスペンサーさんを見ると、彼女も笑顔で私を見ている。

メイドさんはすでに衣装部屋で服を選び始めているし、二人から逃げられない圧力を感じた。

「さぁ、お嬢様。支度をしますよ！」

メイドさんが、「申し遅れました、アンナでございます。よろしくお願いいたします」と挨拶をして、にこにこ笑顔で張り切って可愛らしい服を選んでいる。

「聖女の仕事があるんですけど……」

レスター様と散歩の後は、『豊穣《ほうじょう》の祈り』に行くんです。煌《きら》びやかなものは似合わないし、そんなものを着て聖女の仕事はできない。私は貴族の聖女ではないのだ。

そんな私の心配をよそに、スペンサーさんはアンナさんと一緒に「レスター様とお似合いになるものを選びましょう」と楽しそうに服を探している。

「あの……本当にこのたくさんの服は私に？」

こんなにたくさんの服なんて、街のお店でガラス越しにしか見たことがない。とても自分のものとは思えず、もう一度聞いてしまう。

「もちろんです。レスター様にとっては、これくらい準備するのはなんてことないのですよ。お断りすることは、レスター様に恥をかかせることになります」

それは、拒否権はないという意味だった。

笑顔でそう話すスペンサーさんは、このヴォルフガング辺境伯邸の古株の一人で、邸の部屋の鍵を管理している家政婦長だった。女性の使用人では一番立場が上らしい。

「でも、美味しいお食事もいただきましたし……」

たくさんの服を前にしても遠慮しかしない私をスペンサーさんはもどかしく思ったようで、レスター様について話しだした。

「従者のケントに聞きましたよ。レスター様は昼食について、お嬢様が気兼ねなく食べられるようにレストランに着くなりいきなりメニューを変えさせたと……」

連れて行かれたレストランの話を微笑ましく話すスペンサーさん。そして、知ってしまった。レスター様は、私のために急遽《きゅうきょ》メニューを変えたのだと……

私が食事のマナーを知らないから、あのかぶりつけるパイにしてくれたのだと。

優しいレスター様の行動を思い返すと、胸にジワリと来るものがあった。

そんな私をあれこれと問い詰めることはなく、二人は顔を見合わせたかと思うと微笑ましいとばかりに表情を緩める。

「お嬢様。レスター様が女性を気遣ったのはお嬢様が初めてですよ。ですから、自信を持って下さいませ。レスター様は、昔から人に気を許さない方ですから……身分とあの容姿に惹《ひ》かれて媚《こ》びを売ってくる令嬢が苦手なのですよ。私どもも、連れて来た女性がお嬢様のような方で、みな安心しています。レスター様がわざわざ女性を迎えに行くと聞いた時は、邸中が騒ぎましたよ」

レスター様が教会に来た時、貴族の聖女たちはみんな「レスター様！」と憧れの人を待っていたように騒いでいた。もしかして、初めて出会った日に教会の前でどんよりと佇《たたず》んでいたのは、彼女たちが苦手だったからかもしれない。

そう思い出している間も、アンナさんは服を選んでいる。そして、最終的には彼女が白と水色を基調とした一枚のワンピースを私の前にだしてくれた。

「これなら、聖女としてのお仕事の際にも着られます。今までのローブじゃないと駄目ってことはないですよね？」

「あまり派手じゃなければ……」

「きっとレスター様が、お嬢様に似合うと思って準備されたのですわ」

貴族のドレスとも違う動きやすそうな服。それでも、可愛らしさもある。

ローブを自分で準備する聖女もいるし、煌《きら》びやかだったり、派手なドレスじゃなければ聖女の衣装として問題はない。

新しい服に戸惑いながらも、やはり可愛い装いには目を惹《ひ》かれるものはあった。

「防寒着はこちらにしましょうか」

そう言って、スペンサーさんがさらに可愛らしいポンチョを出した。

「これだけで十分ですよ？」

「スノーブルグは寒いんですよ。防寒着は必要です！」

ワンピースだけで満足していたのに、スペンサーさんに押しきられてフードにふわふわの毛がついた白いポンチョを着せられた。

初めてお洒落《しゃれ》をしたことに嬉しく思いながらも、恥ずかしくなってしまう。自分じゃないみたいだった。

そして、メイドのアンナさんがスペンサーさんに「髪も結いましょう！」と提案し、物凄い速さで私の髪を結い始めたのだった。

その勢いを見て、スペンサーさんが聖女の仕事もあるから派手にならないようにとさすがにアンナさんをたしなめた結果、髪を下ろしたまま顔回りの左右の髪だけ三つ編みにし、後ろで一つにリボンで結んでくれた。

「まぁ、可愛らしい」

スペンサーさんが、お人形を褒めるようにそう言った。アンナさんは、自らの腕前に満足したのか、誇らしげだった。


着替えが完了すると、「さぁさぁ」と軽くはしゃいだような二人に玄関に連れて行かれた。

「レスター様、お嬢様をお連れしました」

レスター様と合流すると、スペンサーさんたちは「失礼します」とごゆっくりどうぞと言わんばかりに去って行った。レスター様は、待ち構えていたような笑顔で近付いて来る。

ドレスというほど派手ではないにせよ、こんな可愛らしい格好をしたことは初めてだ。男の人の前に出ることがなんだか恥ずかしい。心は落ち着かず、近付いてきた彼から離れたくて思わず後ずさりし、壁と一体になろうとする。

「レスター様……あの、支度ができました……。お洋服ありがとうございます」

恥ずかしがりながらもお礼を言うと、壁にへばり着く私の側までレスター様はやって来て、長い腕を伸ばしてくる。

彼の手がトンっと壁に付き、壁とレスター様に挟まれてしまった。逃げ場所を間違えたと軽く後悔する。

「とても似合っているよ」

「あ、ありがとうございます。地味にして下さいとお願いしたのですけど……私がこんなお洋服を着るなんて、おかしいですよね」

「そんなことはない。可愛いよ」

「そ、そうですか……」

優しく笑みをこぼしながら誉めてくれるのは、やはりそれがお貴族様のマナーだからでしょうか？

今まで誉められたことがなかった私には、華麗にスルーができない。

恥ずかしげもなく、さらりと言うレスター様の笑顔にまた恥ずかしくなってしまったのだ。

レスター様は、恥ずかしさで小さくなった私を連れて、「では、行こう」と二人だけで庭に出た。

雪が降る中でもポンチョは温かくて、いつものように寒さに震えることはない。それでも、直接冷たい空気に触れる頬は赤くなってしまう。

隣を見ると、深い青のロングコートを着たレスター様のフードにも、私と同じようにふわふわの毛がついている。

おそろいだなぁ、と思って見ていると、視線に気付いたのか、レスター様はフッと口角をあげて私を見た。

この素敵な顔に見られるとなんだか恥ずかしい。

今まで、男性にこんなうっとりとした視線を向けられたことはなく、優しくされたこともなかった。

見られるだけでこんなに恥ずかしいのは、やはり男性に慣れてないからかなぁ……と思いながらレスター様と並んで雪の上を歩いていると、小さな家が目についた。

「レスター様……お庭にも誰か住んでいらっしゃるのですか？」

「あぁ、あれは別邸だ。昼寝をしたり、一人でゆっくり休んだりするのに使っている」

大豪邸があるのに、敷地内に昼寝のための別邸まであるとは……お貴族様ならこれって当たり前なのかしら？　もしかして、普通の貴族よりもレスター様は凄いんじゃないだろうか。

「……近くで見てみるか？　夜は星も綺麗《きれい》に見えるぞ」

「私が見てもいいんですか？」

「勿論だ」

小さな家は一階建てで、こじんまりとしている。あの大豪邸で一晩過ごしたせいか、なんだか可愛いお家に見えた。

青い三角屋根に煙突もついているから、中には暖炉もあるのだろう。

「少し小さい家だが……ベッドやテーブル、本棚なんかのちょっとした家具は揃っているんだ。鍵を持ってくればよかったな」

鍵がないため、中には入れないらしい。外観だけでも興味深く見ていると、レスター様が後悔をにじませてそう言う。

「凄く可愛いお家ですね……」

「気に入ったか？」

「はい……可愛いです！」

あの大豪邸よりも、私にはこの小さなお家の方が似合う気がする。

いや、このお家さえも分不相応なのだが。

家に見惚れていると、カチンと音がした。

後ろを振り向くと、レスター様が懐中時計を閉じたようだった。

「ミュスカ、そろそろ時間だ。『豊穣《ほうじょう》の祈り』をお願いしてもかまわないか？」

「はい、すぐに取りかかります」

「助かるよ。領民も待ちかねている」

レスター様は仕事を頼む時でさえ、当たり前のように命令はしない。まるで私に敬意さえ払っているようだった。

玄関に戻るとすでにあの立派な馬車が準備されており、乗り込むと目的地へと出発した。

◇

スノーブルグの街で最後に聖女の『豊穣《ほうじょう》の祈り』が行われてから、既に三年が経過していた。

たくさんの聖女たちがいる（務めは私に押し付けていたけど）コンスタンと違って、スノーブルグには聖女は一人しかいなかったのだが、その方が引退してしまったのだそうだ。

レスター様は、「そろそろ年だから引退したい」という聖女の申し出を受けて快く受け入れたばかりか、長年務めてくれたお礼として退職金まで支払ったという。優しすぎる。彼女はそのお金を受け取って、実家のある街に帰ってしまったらしい。

聖女がいなくなっても、最初は大地に特に変わりはなかったため、新しい聖女を雇い入れることはしなかった。しかしそれから三年がたった今、やはりこの雪の大地ではだんだんと土地は痩《や》せ細ってきたようで、以前のように作物がすくすくと育たなくなっていた。

飢饉《ききん》が来てから聖女を呼び寄せても遅い。だから、レスター様は新しい聖女を迎えることにしたのだ。

「わざわざコンスタンの街まで聖女を頼みに行ったのは、腕のいい聖女がいると噂を聞いていたからだ。あそこのアミュレットを購入すると旅が安全にできると、旅人たちがスノーブルグでよく話していたようでな。どうせ頼むなら、腕のいい聖女に来て欲しかったんだ。コンスタンの教会は聖女が多いと聞いていたし……」

確かにコンスタンの教会に聖女は多い。貴族の聖女は、実家からの寄付金が多いから、神父様は喜んで迎え入れていたのだ。

レスター様は、私が金貨を交換している間に教会に来てみたはいいけれど、その日は聖女を連れて帰る気にはならなかったらしい。

「後日また来る」と伝え、持って来たお金の袋を前払いとしてそのまま全部渡して教会を出た。見送りさえも断って。

あの日のレスター様は一人だった。どうやら従者のケントさんが熱を出して一緒に来られなかったらしい。いつもならケントさんが荷物を持っていて、自分の持っているお金を渡してもそれとは別に財布がある。とにかく早く教会を出たかったため、ケントさんの不在も忘れてお金をすべて渡してしまったらしい。

だからあの日、教会の前で途方に暮れて佇《たたず》んでいたのだ。

「前の聖女と同じコースでいいだろうか？　数か所回るから、疲れたらすぐに言ってくれ。ミュスカの身体が一番大事だ」

「大丈夫です。それに、何か所も回らなくて大丈夫と思います」

「……以前の聖女は五か所ほど回り、『豊穣《ほうじょう》の祈り』を広げて行ったぞ」

「そうなんですか？　土地の広さにもよりますけど……聖力はある方だと思いますので」

馬車の中でそんな話をした。

毎日毎日、他の聖女のアミュレットまで加護を付け、癒《いや》しに祈祷《きとう》に……と務めを果たしていたら、図らずも聖力は上がっていった。他の聖女がアミュレットに一つ一つ加護をつけるのに対し、私は複数個同時に加護を付けることができたし……

他の聖女の仕事を押し付けられても毎日のノルマをこなせていたのは、そのおかげなのだ。

だから、私の聖力だったら五か所も回らなくても大丈夫なはずだ。


領地の畑に着くと、レスター様が手を引いて馬車から降ろしてくれた。

慣れないエスコートに恥ずかしがりながら降りると、領民の方々に大歓迎された。「よく来て下さいました！」と温かい声をかけてくれる。

周りをぐるりと見ると、両手を合わせて祈るようなポーズの高齢者もいた。皆、聖女を待っていたんだと改めて実感する。

「レスター様、すぐにしますね」

聖女として期待に応えなければ。可愛らしい白いポンチョを脱ぎ、中のワンピースだけになる。

そのまま、畑の中央に向かって歩いた。

歩きながら畑を見ると、やはり作物は枯れていたり小さかったりと、出来が悪い。そもそも何も植えられていない場所もあり、上手く育たず間引いたんだろうと思う。

私が畑の中央に着くと、レスター様はそれを合図にみんなに向かって大きな声で叫んだ。

「みな、静まれ！　今から聖女の『豊穣《ほうじょう》の祈り』を始める！」

レスター様の声で一斉に領民は声を上げるのを止め、祈るように私を見つめる。

ほんの数秒前まで「聖女様だ！」と騒いでいたのが嘘のように静まり、風の音さえも聞こえるほど、空気は張りつめている。

そんな緊張と静寂の中、私は深呼吸をして跪《ひざまず》いて祈るように両手を組み、そっと目を閉じた。

こうすることで集中力を高めるのだ。

『豊穣《ほうじょう》の祈り』とは、大地に私の祈りを捧げること――

私から白い光が溢《あふ》れ、足元から大地に広がっていく。

聖力がいきわたれば、大地は活性化する。活性化すれば、植物の育ちが良くなる。

聖女は、こうして飢饉《ききん》を防ぎ、国を栄えさせているのだ。

祈りの光は領民たちやレスター様の足元を通りすぎ、見渡す限りどこまでも広がっていった。

いつもよりも聖力を捧げたからか、大地を覆っている雪も軽く煌《きら》めいている。聖力がいきわたり、
それに反応しているのだろう。

――『豊穣《ほうじょう》の祈り』が終わると、さすがに聖力を使いすぎたのか、身体が倦怠感《けんたいかん》でいっぱいになる。

それでも、ここでみっともなく倒れる訳にはいかない。足に力を入れて振り向くと、集まった領民たちは静まり返ったまま、身動きもせずにこちらを見ている。

その中でレスター様だけがはっとしたように動き出すと、私の近くに向かって来た。

「……これは……凄いな……」

レスター様はまだ呆然と辺りをゆっくり見渡している。

「もう『豊穣《ほうじょう》の祈り』は済みましたので、大地は蘇《よみがえ》ると思いますよ」

「……ありがとう。ミュスカ」

レスター様が私の手をとりお礼を言うと、一斉に領民たちからワッと歓声が上がった。

「聖女様！　ありがとうございます！」

「あんなにも温かい……春のような光は初めてです！」

領民たちの喜びの声に包まれ、溢《あふ》れる笑顔につられて私も笑みがこぼれる。

「みな！　これで聖女の『豊穣《ほうじょう》の祈り』は終わりだ！　聖女ミュスカに感謝を！」

レスター様がはじめと同じく大きな声で叫ぶと、よりいっそう歓声が上がり、私への感謝の言葉が場を埋め尽くす。

よかった、喜んでもらえた、とほっとして気が抜けた私は少しふらついたが、隣に立つレスター様はそれを見逃すことなく支えてくれた。

「大丈夫か？」

「少し頑張りすぎました……」

あなたのためにも頑張りましたとは、おそれ多くて言えないけど。

彼に支えられながら馬車へと向かう途中、領民たちがお礼に寄って来る。レスター様は、彼らに伝えるように足を少しだけ止めた。

「すべて聖女ミュスカのおかげだ」

可愛がるように私を見ながら微笑んだ彼に、私も笑みを返す。

その後、私の疲れを悟ったレスター様は、次々に声をかけてくる領民たちをいなしてすぐに邸に連れて帰ってくれた。

私は、使いすぎた聖力のせいでまた馬車で眠ってしまったようだ。そのまま邸に着くと、レスター様は私を横抱きに抱えて部屋まで運んでくれたらしい。

こんなことなら無理せずに以前いた聖女のように数回に分けて『豊穣《ほうじょう》の祈り』をするべきだったか……なんてちょっぴり思う。

でも、作物が育たないことにみんな困っていたようだったし、早く終わる方が良かったはず、と恥ずかしさをごまかすように自分を納得させた。

――運んだだけでなく、レスター様は眠っている私を横でじっと見つめていたらしいのだが……

私がそれを知るのはもっと後になってからの話だ。

◇

私が目を覚ましてからも、レスター様は「無理をしてはダメだ」と言って部屋から出してくれなかった。

「ゆっくりと休みなさい」と言われてしまったので、私は調度品に傷をつけないようすみっこのほうで縮こまりながら時間をつぶした。

すると、夕食の前にはまたスペンサーさんとメイドのアンナさんが笑顔でやって来た。どうやら、私のお世話が楽しいらしい。

彼女たちが持ってきた夕食用の美しいドレスにまた目眩《めまい》がしそうになるが、スペンサーさんの「レスター様からの贈り物を断ってはいけませんよ」という圧力に私が勝つことはできなかった。

そのドレスで食堂に向かったら、レスター様がまた、うっとりと私を褒めてくれたことも忘れてはいけない。彼は昨日からの短い時間で何度私にこの視線を向けてくるのだろう。

食事中もにこにこと私を見つめ続けているから、ドキドキしてしまって夕食の味を全然覚えていない。あまりの豪華さにおそれ多すぎてしっかり味わえなかった、というのもあるけれど。

夕食の後には、食堂から玄関に移動した。

「では行こうか？」

「どちらに……？」

「庭だ。昼間に見せた別邸に行こう」

レスター様がそう言うと、従者のケントさんからコートを受け取る。それを颯爽《さっそう》と羽織る様子が格好いい。

私には、メイドのアンナさんがあの可愛いポンチョを準備してくれていたので、それを羽織った。

「ミュスカ、手を出して」

「手に何かありますか？」

よくわからず、ポカンと両手を開き目の前に出すと、レスター様はクスッと笑い私の手を握った。

握られた手の男らしく筋張った感触に胸の奥が揺れ動き、思わず焦ってしまう。

「レ、レスター様⁉　何をっ！」

「君と一緒に歩くのだから、手ぐらいつなぎたい」

「平民の私と手をつなぐなんて、誰かに見られたらどうするんですか⁉」

「見られて困ることはないが……」

急に手なんかつなげない。レスター様と歩くのでさえ緊張するのに！

「おっ、お離しください！」

「困ったな……」

何が困りましたかー!?

そこでハッとした。背中に何か視線を感じる。

レスター様の申し出をお断りしてはいけません、という圧力を感じる。

居ます！　居ますね、スペンサーさん！　そこの後ろの角で見ていますね！

ちょっとだけ振り向いて見ると、スペンサーさんのスカートが少しはみ出ている。

顔も半分だけはみ出た状態で、私たち二人を覗いていた。

どんな隠れ方ですか！　バレバレですよ！

「どうした？　ミュスカ」

「ス、スペンサーさんが……」

「スペンサー？　いるのか、スペンサー」

「はい、ここに」

レスター様が私の手を握ったまま声をかけると、スペンサーさんがニコニコしながら角から出て来た。

「何か用か？」

「お邪魔してはいけないと思いまして、お声がけするタイミングをうかがっていたのです。こちらをお渡ししようかと思ったのですけど……」

スペンサーさんは、バスケットにお菓子を準備してきてくれたようで、レスター様に「どうぞ」と渡していた。

「荷物なら、私が持ちます！」

「ミュスカに荷物なんて持たせられない」

「大丈夫です！　荷物持ちぐらいします！」

「大事なミュスカにそんなことをさせられない」

大事なミュスカ……？　うん、聞かなかったことにしよう！　きっと幻聴だ！

身分が上のレスター様に荷物を持たせることは失礼だと思い、バスケットを取ろうとする。しかし、彼はひょいとバスケットを頭上に持ち上げてしまい、私には手が届かない。うぅ、背が高い。

ぴょこぴょこと跳ねて必死で手を伸ばす私の仕草に、彼は笑いがこぼれそうなのを我慢している。

ひどい！　むくれる私にスペンサーさんはニコニコと言った。

「お嬢様、レスター様は素晴らしい方ですよ。悪いことにはなりませんから」

「でも……男性と手をつないだことなんてないんです！」

どうしていいかわからなくなり、手をつながれたままもう片方の手で「わぁっ」と顔を覆ってしまった。

それをレスター様はジッと見下ろす。

「……では、俺が初めてか？」

「だから放して下さい！」

レスター様は目を細めて熱っぽい顔になり、手は全く放してくれない。

「ミュスカ、女性をエスコートするのは当然だ、さぁ、行こうか」

これがエスコート⁉　本当にこれがエスコート⁉

エスコートなんて今までされたことがなかった。昨日今日とレスター様に手を取られて馬車を乗り降りしたのが初めてだと思っていたのだが、あの時はこんなぎゅっと手を握られなかった。

これが本当のエスコートなら、馬車の時のあれはなんだったの⁉

混乱したまま、そしてもちろん手をつながれたまま庭を歩き、あの小さな煙突のある青い屋根の家に着いた。レスター様は、その間もずっと嬉しそうだった。

「部屋を少し整えた。中に入ろう」

煙突からは煙が出ており、暖炉に火が入れられているとわかる。鍵を開けて入ると、案の定部屋の中は暖かく、綺麗《きれい》に整えられていた。

小さな部屋とレスター様はおっしゃっていたけど、そんなことはない。暖炉の前にはソファーがあり、大きな窓からはウッドデッキに出られる。壁際には一人用なのか、邸のベッドより小さめの、でも装飾の施された立派なベッドがあった。

窓辺にはお茶用の小さなラウンドテーブルが置かれ、いかにもこちらでお茶をどうぞといわんばかりにティーコージーが被せられたお茶があった。白を基調としたお花まで飾られている。

可愛らしく整えられた部屋に、女の子ならこんな部屋に住みたいだろうなぁ、と自分も例外なくそう思う。

「ミュスカ。寒くはないか？　大丈夫そうなら、少しだけこちらに来ないか？」

レスター様はそう言って、窓から出られるウッドデッキに私を誘う。ウッドデッキにはクッションや暖かそうな毛布などが準備されており、直接座ってくつろげそうだ。傍《かたわ》らにはローテーブルもあって、既にレスター様がバスケットを置いていた。

部屋からお茶を持ってきてそこに二人で座る。バスケットを開けると、焼き菓子とリンゴのジャムが入っていた。その焼き菓子を並べている私を、レスター様は胡座《あぐら》をかき、肘をついた楽な格好で眺めている。優しく、温かな感情のこもった視線を感じ、緊張する。

お茶の準備を終えてふと視線をずらすと、星空の広がりが目に入った。冷たく澄んだ空気と私たちしかいない静寂の中、夜空一面の星々が美しく煌《きら》めいている。思わず、手が止まる。

「綺麗《きれい》です……」

感嘆のため息を吐くと、レスター様はニコリと笑った。

「ここから見る星空は綺麗《きれい》なんだ。ミュスカに見せたかった。少し寒いが……」

そう言いながら、レスター様は、私が寒くないように暖かい毛布を膝に掛けてくれる。その気持ちが嬉しくて、彼を見てお礼を言った。

「ありがとうございます」

「君が体を冷やしたら大変だ。ミュスカ、この家はどうだ？」

「とても可愛らしいです」

レスター様がこんな可愛い部屋で昼寝していたとは……ちょっと意外ですね、と思う。

「気に入ってくれて良かった。今日からここもミュスカの家だ」

「……はい？」

また幻聴と思いたい言葉が出てきた。

どうやら、『豊穣《ほうじょう》の祈り』の後。私が部屋で休んでいる間に、レスター様と使用人たちが私のためにこの家を準備したらしい。

金貨一枚のお礼は一体いつ終わるんでしょうか？　思わず、そう突っ込みたくなる。

「レスター様……」

「なんだ？」

「私がお貸ししたのは金貨一枚ですよ……？」

「あぁ、とても助かったぞ」

「ではこの家は？」

「ここはミュスカに贈ろう。もちろん、本邸の部屋もそのままだ。少しずつ邸に慣れてくれないか？」

家まで貰ってしまいました……

おかしい！

なんで金貨一枚貸したらお城みたいな大豪邸の部屋とその庭にあるこれまた素敵な家に変化するんですか!?

「レスター様！　私、何も要りません！　すぐに教会に帰りますし！」

「それは困る。教会に帰すつもりはないし、ミュスカにはずっとここにいて欲しい」

膝に肘をついたまま、サラリと言うレスター様とは対照的に、私は叫びながらその場に突っ伏してしまう。

「どうしてですかー!?　お礼はもう十分です!!」

まさか美味しい蜜を吸わせて油断したところで売る気ですかー!?

こんなに優しくしてくれたレスター様に売られたら立ち直れないんですけど！

「ミュスカ……薄々思っていたんだが……もしかして、迷惑しているのか？」

「迷惑ではないですけど……困惑してます！　優しくして下さっただけで私には十分だったんです！　金貨も返して貰いましたし……もしかして、私をどこかに売る気ではと不安にもなります！」

「……それは困ったな」

困ってます。私も困ってますよ！

レスター様が黙り込んでしまったので、私は困り顔のまま上半身を起こす。

すると、何かを決意したように表情を引き締めたレスター様が、こちらへと向き直った。

「ミュスカ、手を出しなさい」

「手はもういいです……」

また手を握る気ですか？

せめてもの抵抗に手を差し出さず膝の上でぎゅっと握り込んでみるが、レスター様の長い腕が伸びてきて、あっさりと手を取られてしまう。彼に躊躇《ためら》いはない。

「不安にさせたならすまない。もう少し慣れてから伝えようと思ったのだが……。売る気と思われるのは本意ではない」

「私を売る気はないとしても、意味もなくこんな大豪邸にいられません。お礼はもういっぱいいただきました」

「意味はある。金貨の礼に、聖女としての働きに対する礼もあるが、一番は俺がミュスカにいて欲しいのだ」

真剣に話すレスター様にどう突っ込んでいいかわからず、戸惑いながら黙って聞いていると、さらなる衝撃の言葉が飛び出した。

「ミュスカ。俺と結婚をして欲しい」

「無理です！　私は平民ですよ⁉」

私は、即答した。辺境伯様と平民の痩《や》せっぽちの孤児なんて釣り合わない。

優しくして下さったレスター様に好意は芽生え始めている気もするけど、結婚するには身分が違い過ぎる。

というか、なぜたった金貨一枚から辺境伯様との結婚の話になったんですか⁉

レスター様は、真剣な表情のまま話を続ける。

「聖女なら平民でも貴族と結婚しても問題はない。誰も何も言わない」

「でも、急に結婚なんてできません！」

こんな大豪邸にいるだけでもおそれ多いのに！

「しかし、俺はミュスカ以外との結婚を考えられないんだ。……少しずつでもいいから考えてくれないか？」

「……本気ですか？」

「冗談でこんなこと言わない。まずは婚約から始めないか？」

「困ります……」

「本当に？　身分を気にする必要はないし、ミュスカには悪いが、あの教会に帰すことで君が幸せになれるとは思えない」

教会の話をされると、身体が固まってしまった。

きっとレスター様は私がみんなから平民の孤児だからと虐《しいた》げられていたことに気付いているんだろう。みんなに嫌われ、物置小屋に住み、そのうえ仕事を押し付けられて下働きをしていた日々のことを。

「婚約からでもダメか？　何年でも待つぞ？」

「私は……平民の、しかも孤児です」

「それがどうした？」

「レスター様は、将来後悔するかもしれません。きっといつか、恥をかきます」

「ミュスカと結婚できなければ後悔するな」

平民だろうが孤児だろうが、そんなことはどうでも良いとばかりにレスター様は言った。

とても、冗談には思えない。彼の表情は、ずっと真剣な眼差しだ。

でも、応えられない。私なんかと結婚しては、レスター様の人生を棒に振ることになるのではと思う。どう考えても釣り合いが取れなさすぎるのだ。

無言になってしまうと、私の葛藤《かっとう》を見透かしたようにレスター様が話し出す。

「ミュスカを一生逃がすつもりはない」

いきなりの求婚に戸惑っていると、レスター様の手が頬に伸びてきた。

その仕草に心臓が脈打つ。彼の視線は、周りなんてどうでもいいとばかりに私しか捉えていない。

「すぐには返事できないか？　なら、婚約者候補ではどうだ？　本当なら、すぐにでも結婚したいが……」

まだこの状況を受け入れられてすらいないのに、何もかもすっ飛ばして結婚なんていっそうできない。

心の準備をさせて欲しい。できれば、考える時間も欲しい。

でも、せっかく譲歩《じょうほ》してくれたのに、これ以上答えを返さないでいたら「やっぱり今すぐ結婚だ」なんて言われてしまうかもしれない。そうなっては困る、と慌てて答える。

「こ、婚約者候補でお願いします」

私の答えにレスター様は笑みをこぼした。端整《たんせい》な顔が私に嬉し気な表情を見せている。

その微笑みに、またも胸がきゅんと高鳴る。頬に熱が集まるのを感じ、赤くなった顔を隠すために下を向く。

すると、レスター様が使っていたブランケットを広げ、自分ごと私を包み込んだ。一つのブランケットに二人でくるまると、先ほどよりもずっと暖かい。

「……すぐに婚約者にしてみせる。でも、今夜はこれで十分だ」

雪が舞い散る、澄んだ空気の美しい星空の下。ブランケットの中で二人の肩が寄り添い、じわりと熱を持っていた。

触れ合う肩の温かさに動悸がする。嫌でもレスター様を意識してしまう。

まるで、彼に捕まってしまったようだった。

◇

結局、庭にある青い屋根の小さなお家をレスター様に贈られて、今はここに住んでいる。たった金貨一枚を渡したお礼で（しかも三倍にして返してもらっているのに）、こんな素敵な家をいただくなんておそれ多い。

でも、最初に与えられたあの豪華な部屋に住むよりはまだましかと思い、こちらで生活をしている。

この家には小さいながらも浴室も洗面所も揃っており、生活に不便はない。朝起きてから顔を洗い身支度をすると、いつも通りレスター様がやって来た。

「おはよう、ミュスカ」

「おはようございます」

レスター様は毎日欠かさず、朝食の時間になるとこの家に直々に迎えにやって来る。お忙しいのでは、と思うけど彼は微塵《みじん》も疲れた顔は見せない。

それでもなんだか申し訳なくて、彼が来るなり恐縮《きょうしゅく》して頭を下げてしまう。

「毎朝こんな面倒をおかけして申し訳ありません」

「俺の我がままだから気にするな。それに、朝からミュスカに会えるなんて夢のようだ」

照れることなく返答に困る発言を飛ばすレスター様は、朝からご機嫌だ。

この別邸から本邸までの移動も朝の散歩ぐらいに思っているようで、彼はそれさえも楽しんでいる。

本邸のテラスに着くと、朝食はすでに準備されていた。そこに、レスター様が椅子を引いて座らせてくれる。慣れないながらも素直に座り、向かい合って食事を始めた。

執事のアランさんが、身体を気遣うように温かいミルクティーを入れてくれる。それを飲むと、知らず知らずのうちに冷えていた身体がホッと温まった。

「今日は、昼には仕事が終わりそうだから、帰りは教会に迎えに行こう」

「毎朝送って下さるのに迎えまで……」

趣味もない私は毎日何をして過ごせば良いのかわからず、レスター様にお願いして聖女の仕事をさせてもらうことになった。

聖女の仕事は嫌いではなかったし、私が唯一できることだからどんなにノルマを押し付けられても辞めたいとも思わなかったのだと、この邸に来て初めて気付いてしまったのだ。

それでもレスター様は心配みたいで、私が無理をしないようにと丸一日通しての務めは許してくれなかった。

そのため、今は午前中だけスノーブルグの教会で仕事をして、午後からはアランさんに食事のマナーなどの貴族として必要なことを教えてもらっている。

そんな私をレスター様は毎日教会まで送って下さっているのだ。

「レスター様は、お仕事がお忙しいのではないですか？」

「今日は領地を回るだけだし……昼からは書斎で仕事をするから気にすることはない」

優しく微笑みながら言われるとちょっと眩《まぶ》しい。

思わず照れてしまい、恥ずかしさをごまかすように目の前のご飯を一匙《ひとさじ》すくって口に入れた。

優しい風味に、自然と頬が緩む。

それを見たレスター様はくすりと笑った。

「美味しいか？　ミュスカは、リゾットが気にいったようだな」

「は、はい、このご飯美味しいです」

ヴォルフガング辺境伯邸に来てから、牛乳をよく飲んでいるからリゾットにも牛乳を使ってくれているのか、アランさんたちの気遣いまで窺《うかが》える。

毎朝の美味しい食事に、一人きりじゃない食卓。それらに温かい気持ちになり、なんだか胸がくすぐったくなってしまう。こんな穏やかな日々は初めてだった。


朝食を終えると、教会へ馬車で向かう。こんな短い距離に馬車なんて、と思うけれどレスター様は私を少しも歩かせたくないらしい。教会に着くと、レスター様が神父様に「ミュスカを頼むぞ」と言うのも定番になりつつある。

「ミュスカ、午前の仕事が終わったら迎えに来るから、教会で待っていてくれ」

「は、はい、お待ちしております」

……何だか凄く大事にされている気がする。

お仕事で忙しくても、時間が空けば私を気にかけてくれるし、すぐに会いに来てくださる。

その優しさに私の心も揺れ動くが、自惚《うぬぼ》れてはダメだと気を引き締め直す。私と結婚したいというのは、レスター様の一時の気の迷いかもしれないからだ。

彼の馬車を見送り、私はスノーブルグの教会でいつもの仕事を始めた。

この教会の神父様たちは優しい。

レスター様が挨拶をしたジェスター神父様は、三十代後半の穏やかな方で、この教会に住み込んでいる。通いの神父様二人と合わせて三人だけの小さな教会だけど、訪れる人々にみんな誠実に、丁寧に対応をしている。

私は、ここでも参拝者がいない時はアミュレットに『聖女の加護』を付けて過ごしていた。

今も、休憩室で通いの神父様二人と会話をしながらアミュレット作りに励《はげ》んでいる。

コンスタンでは私に話しかけてくる人などいなかったから、正直まだ慣れない。お喋りしながら務めを果たすなんてこの教会に来てからが初めてで、私にはちょっと新鮮だった。

「ミュスカ様のアミュレットは評判が良いですよ。旅人が安全に山を越えられたと喜んでいました」

そう教えてくれたのは、通いの神父の一人、ハリーさん。二十五歳の若い神父。

活発な印象の方で、以前は聖堂騎士をしていたらしい。聖堂騎士を辞めた理由は、魔物退治の時に足を負傷したから。癒《いや》しの術をかけられるのが遅れたようで、普通には動けるが剣を持って戦うことは難しく、今は神父として働いていると話してくれた。

「そういえば、最近コンスタンの街から帰って来た者が、あの街のアミュレットが効かなくなったとぼやいていました」

本のページをめくりながらそう言ったのは、同じくもう一人の通いの神父、二十六歳のレイフさん。活発なハリーさんとは正反対に物静かなタイプで、左眼のモノクルが似合う。

「コンスタンは私がいた街です。どうしたのでしょうか……」

コンスタンの教会でアミュレットを購入する人は多かった。だから、毎日たくさんのアミュレット作りにノルマが課せられていたのだ。

レイフさんが、読んでいる本のページから顔を上げて話を続ける。

「ぼやいていた方は帰りに薬草を採るのに山の道を行かれたみたいです。いつもはアミュレットのおかげで魔物に出くわさないそうなんですが、この前は魔物が現れてしまって一目散に逃げて難を逃れたとのことでした」

無事だとわかり胸を撫でおろす。それでも、アミュレットを持っていたのに魔物に遭遇《そうぐう》するなんて不思議だと首をかしげる。

運が悪かったのかしら？　でも、そうならないようにアミュレットを買って行くのに。

「不思議ですね……」

「それにしても、ミュスカ様のアミュレットは大人気ですよ！　みんな家に一つは欲しいと言っています！」

「では、張り切って作りますね！」

ハリーさんが、元気に褒めてくれる。みんなが喜んでくれるなら、やりがいがある。

それに、来週はスノーブルグの街で雪祭りがあるらしく、教会からもアミュレットを販売する露店を出そうと神父様たちと決めた。

毎日たくさんのアミュレットに『聖女の加護』を付与しているのはそのためだ。

ここの教会は大きくないからそんなに人も訪れないけど、お祭りで色んな人がアミュレットを買ってくれたら嬉しい。

「今年はミュスカ様の『豊穣《ほうじょう》の祈り』が行われて、みんなお祝いしたい気分だったんです。きっとお祭りもいつもよりも活気が出ますよ！」

ハリーさんはそう言いながら、私が『聖女の加護』を付与したアミュレットを木のトレイに並べていた。アミュレットには水色の石と、懐中時計に付けるくらいの長さのチェーンが付いているため、それらが絡まないようにだ。

スノーブルグの教会で準備したアミュレットに付いている特別な石は、コンスタンの教会と違って透き通るような水色だ。

コンスタンの教会のアミュレットは黄色だった。教会や街によってアミュレットの石の色はそれぞれ異なる。聖力をため込みやすい性質を持っている、希少な石なのだ。普通の宝石と違う、この特別な石に『聖女の加護』を付与することによって効果を長持ちさせている。

本来はとても大きく、大聖女様が管理されているという原石を削り出し、アミュレットの形に整えるのは細工師。彼らが細工したアミュレットを教会に卸《おろ》し、聖女が『聖女の加護』を付与して、初めてお守りのアミュレットとなるのだ。

「私も頑張って売ります！」

お客さんではなく売り子としての参加になるけど、お祭りは楽しみだった。

スノーブルグの雪祭りは、夜にはランプの灯りが雪に映《は》えて幻想的だと有名だし、お店もたくさん並ぶと聞いていたから一度は参加してみたかったのだ。

「でも、無理はなさらないで下さいね。毎日こんなにたくさん作るなんて……」

レイフさんは少し心配性だった。

「コンスタンにいた頃は毎日、この倍以上は作っていましたから大丈夫ですよ」

むしろ、以前より余裕があります！

そう言いながら、アミュレット二つに同時に『聖女の加護』を付けた。アミュレットが聖力に反応し、ほんの数秒光り輝く。

「俺たちは『聖女の加護』を付けたりできませんから、せめてお茶くらい淹《い》れますね」

「お茶なら私が……」

立ち上がろうとすると、本を閉じたレイフさんが私を制した。

「ミュスカ様一人働くのは不公平ですからね。お茶ぐらい淹《い》れさせてください」

レイフさんは本を棚に戻し、そのままお茶を準備しに行った。

最初は、レスター様の婚約者候補だから優しくしてくれるのかと思っていた。でも、接しているうちにそんなことはないと気づいた。

確かに、毎日あの辺境伯様であるレスター様が過保護に送り迎えしているから丁重に扱おうとしているとも思う。でも、それがすべてではなく、彼ら自身が良い人だから私に優しくしてくれるのだ。

それに、私自身にまだレスター様の婚約者候補だという実感はあまりない。

そのうち目が覚めて、あぁ、夢だったかなぁ、なんてことになるかもしれないと思う時もある。

あんな素敵な人に毎日大事にされている現状を、そう簡単に信じることはできないのだ。

神父様たちが私を様付けで呼ぶのにもまだ違和感があるけど、彼らは自然に「ミュスカ様」と呼んでくれるので拒否しづらい。

レイフさんが淹《い》れたてのお茶を出してくれると、ハリーさんが「そう言えば……」と思い出したように話し出す。

「コンスタンの街の教会も雪祭りに来て店を出すそうですよ。ジェスター神父が教会に泊まれるよう、準備をすると言ってましたね」

「コンスタンの教会が？　どうしてあんな遠いところから……」

「さぁ？」

コンスタンの教会がスノーブルグまで出店することなど今までなかったのになぁ……と不思議に思って聞いてみるが、ハリーさんはどうでもよさそうに返事をする。

コンスタンの教会の話題が出ると、レイフさんは先ほどの噂話を再開した。

「……最近は、アミュレットだけでなくコンスタンの教会全体の評判が悪いそうですよ。王都からこのスノーブルグの街に来るのにコンスタンの街を通過した旅人の話を良く聞くのですが……癒《いや》しの術も効果が薄いとぼやいている人が多いですね」

レイフさんとハリーさんは、スノーブルグの街中で二人暮らしをしている。よく食事のために街の食堂に行くそうなのだが、そこで噂を聞いたのだという。

コンスタンの教会の評判は別に悪くなかったはずだけど、と不思議に思いながら、レイフさんの淹《い》れたお茶を飲む。

美味しいお茶を飲みながらのお喋りの話題はどんどん移り変わっていく。私はコンスタンの教会の話などすっかり忘れ、その日もレスター様が迎えに来る時間まで聖女の務めを果たした。

◇

雪祭り当日。

祭りの本番はたくさんのランプが街と雪を照らし出す夕方から夜にかけてだが、辺境伯のレスター様は朝から諸々の調整に慌ただしく動き回っている。スノーブルグの街では、雪祭りは一大イベントなのだ。

私は、今日の教会での仕事はお休み。でも、夕方から露店でアミュレットを売ることになっているので昼過ぎには教会へと行った。

教会に着くと、すでにアミュレットは大きなトランク二つに詰められていた。改めてみるとかなりの量だが、神父様たちが午前中から準備をしてくれていたらしい。

手伝えなかったことに申し訳なくなり、「すみません、もっと早く来ればよかったです……」と遅くなったことを詫《わ》びた。

「準備といっても、アミュレットを詰めるだけですから……二人で大丈夫ですよ」

レイフさんがそう言って、ハリーさんも「気にしなくていいよ」という表情を見せる。

何も手伝わないのは悪いから私も忘れ物がないかの最終確認だけ一緒にして、トランクを二人がそれぞれ持った。

ジェスター神父様が「いってらっしゃい」と見送ってくれる。ジェスター神父様は、教会でお留守番だ。雪祭りの日は教会でゆっくりとするのが好きらしい。

「いってきます」と手を振って、三人で街の中心部へと向かった。


雪道を歩いて街の中心に到着すると、暗くなってきた街をランタンの灯りが優しく照らしていた。

食べ物の良い匂いのする露店や、アクセサリーなど雑貨を売る店など、様々な出店が並んでいる。他の街から来ている店も観光客もいて、街は賑わい、熱気を帯びていた。

その熱が伝染するように、私まで胸が踊った。目がキラキラと輝いてしまう。

いつも一人ぼっちだった私は、こんなお祭りに参加することなど初めてなのだ。

「ミュスカ様。今日はコンスタンの街からもアミュレットを売りに来ていますけど、きっとうちの方がたくさん売れますよ」

ハリーさんがトランクからアミュレットを出して並べながら楽しそうに言った。

「それにしても、コンスタンの神父は落ち着きのない方でしたね。教会の中をずっとウロウロしてましたよ」

レイフさんは呆れたように話した。

コンスタンの教会では、自分の部屋にいることが多かったのに……そんなに落ち着きのない人だったかなぁ？　と思う。

「コンスタンの神父は、山間《やまあい》の街道を通る時に軽い雪崩《なだれ》があったそうで予定よりも遅れて来たのですけど……なぜかぐったりしていましたね」

「まぁ、雪崩《なだれ》が……」

疲れていたのに教会中をウロウロするなんて。なんでこんなところまで出店しに来たのかもわからない。

三人でそんなことをおしゃべりしながら露店に立っていると、さっそくお客様が来た。

「すみません。アミュレットを一つください」

「はい。どうぞ」

神父様のことは不思議だなぁと思うけど、今はコンスタンの教会のことを考えている暇はない。

笑顔でお客様の対応をしなくては！

その後もアミュレットの売れ行きは好調で、休む間もなくどんどん売れる。

ハリーさんもレイフさんも愛想よく、そつなく売り子をこなしている。二人は正反対のタイプなのに、人柄が良くて笑顔が優しいのは同じだ。

そうして二人と協力して店を回す中、アミュレットが半分くらい売れたところで、レスター様が私を迎えに来た。仕事が終わったらしい。

「ミュスカ、売れ行きはどうだ？」

「はい、好調です」

「それは良かった」

外気にさらされ冷たくなった頬を可愛がるように撫でながら言われる。恥ずかしくてまた頬が赤くなってしまい、それを隠すように顔を背けた。

「も、もう少し頑張って売りますねっ！」

「では、俺も手伝おう」

レスター様は少しかがんで、私に顔を近付けながらそう言う。ちょっと顔を背けたくらいではこの方からは逃げられない。

しかも、俺も手伝う⁉　衝撃の発言に照れながらも彼を止めようとする。

「レスター様にそんなことさせられません！」

「ミュスカがしているんだから、俺もかまわないだろう？」

レスター様は既に私の真横に立って、売り子をする気満々だ。

結局彼を止められないままアミュレット販売は続行された。辺境伯様が売り子をするのはもちろん初めてのようで、ハリーさんもレイフさんもびっくりしつつも「良かったですね」と笑ってくれた。

そして……売り子のレスター様は大人気だった。

買いに来た人が男性だと辺境伯様だと気付いて恐縮《きょうしゅく》することも多いけど、女性は端整《たんせい》な顔にときめき、アミュレットそっちのけでレスター様を見つめている。

結果、女性たちからの売り上げが増え、アミュレットはあっという間に完売してしまった。

「レスター様……凄いですね」

「ミュスカが可愛いからだろう？」

「絶対に違うと思いますが……」

またおかしな言葉を吐くレスター様に、私は呆れて即座に否定した。

ハリーさんとレイフさんは完売にほっこりしながら、アミュレットを並べていた木のトレイをトランクに片づけている。

「あとは後片付けだけですから、ミュスカ様はレスター様とどうぞ」

ハリーさんが、笑い交じりにそう言った。レイフさんもお金を片付けながらうなずく。

「ハリー、レイフ。邸から教会に食事を運ばせているから、ゆっくり休め」

「「ありがとうございます」」

二人が、声を揃えてお礼を言う。レスター様が彼らを気遣ってくれたこと、そしてアミュレットが無事に完売したことに私も嬉しくなって、お言葉に甘えることにした。

「では行こうか。ミュスカ」

彼は、すでに私の腰に手を回していた。人が多いから離れないようにと言葉を添えて。

二人で歩き出すと、腰に回していた手は自然と外れ、気づけば私の手とつながれている。

二人で星を見たときは急に手を握られて驚いたけれど、今は恥ずかしさよりも手から伝わってくるぬくもりが嬉しいと思う。私も、つながれた手が離れないようにぎゅっと握り返した。

日は落ちてすっかり暗くなっている。夕闇の中で煌々《こうこう》と輝くランタンの灯りは雪に反射し、いっそう街並みを引き立てていた。聞いていた通りに、幻想的で美しい。

レスター様に手を引かれたまま露店を回ると、たくさんの食べ物が並んでいる。

ソーセージやお肉をローストしてパンに挟んでいるもの。その隣には平べったい大鍋でキノコが大量に炒められていた。スパイスの香ばしい匂いが食欲をそそる。

温かいワインも定番のようで、店の前にはちょっとした列ができていた。

その斜め向かいの屋台には、シュークリームがツリーのように積み上げられていて、思わず目が止まる。

「あれはなんでしょうか？　凄くお洒落《しゃれ》に飾っていますね」

「クロカンブッシュか。一つ食べてみるか？」

「はい！」

積み上げられたシュークリームを一つ、レスター様が買ってくれた。

「クロカンブッシュは、子孫繁栄《しそんはんえい》と豊作を願う食べ物だ。縁起がいいから毎年出店しているんだ」

紙に包まれたシュークリームを渡され、小さく口を開けて一口かじる。それを、レスター様は無表情でジッと見つめていた。

食べているところをこんなにまじまじと見られたことなどない。

どうしたものかと困りながらモグモグと味わうと、かじったシュークリームからはリンゴの味がした。

「リンゴのクリームですか？」

「王都では普通のカスタードクリームなんだが、スノーブルグではリンゴのクリームを使っているんだ」

「美味しいです」

リンゴの優しい甘さが美味しい。もう一口かじろうとすると、私が口に運ぶより先にレスター様の顔がシュークリームに近付いてきた。

そのまま一口食べられると、どきりとしてシュークリームを持つ手に力が入ってしまった。クリームがほんの少しだけ飛び出る。

「甘いな」

間接キスに驚いて、赤面したまま呆けてしまう。

レスター様は、いたずらっ子のように少しだけ笑った。

「クロカンブッシュは、お互いに食べさせ合うものだ。知らなかったか?」

「……初めて食べたので知りませんでした。だから、一つしか買わなかったのですね?」

やられたと思い、思わず顔を逸《そ》らす。

「ミュスカ。口を開けて」

食べさせてやろうと言わんばかりに、シュークリームを持っている手にレスター様の手が重なった。

「ひ、一人で食べられますっ」

「食べさせ合うものだと言っただろう。次はミュスカの番だ」

気迫のこもった黒い笑顔で、彼はシュークリームを私の口に入れようとしてくる。

食べさせられるなんて恥ずかしくて、私は手に力を入れてささやかな抵抗をした。

でも、彼の力に敵うはずもない。逃げられず、リンゴのクリームが少しだけはみ出たまま、シュークリームが口元にやって来る。

「甘い？」

「……甘いです」

シュークリームも甘いけど、レスター様の態度のほうが甘い。

「では、次は食べさせてくれるか？」

よろしく頼むと言わんばかりに、レスター様はかがんで顔を寄せてくる。笑みできゅっと細まる目元も、弧を描く唇も近い。緊張して震える手でシュークリームを口元に持って行くと、一口かじりとった。

その後は、シュークリームがまた私の口元にやって来る。

交互に一つのシュークリームを食べさせ合う。最後の一口をレスター様に食べさせると、彼は満足そうに笑みをこぼした。

「ミュスカ、ついているぞ」

レスター様の手が私の頬に伸び、ついていたらしいクリームを拭《ぬぐ》ってそのままぺろりと舐めた。

その仕草にどきりとする。

「レ、レスター様……っ」

「もう一つ食べるか？」

「も、もう大丈夫です……」

恋人同士のような行為がくすぐったくて、自然と口元が緩んだ。

「では、次は飲み物だな」

ご機嫌なレスター様はそう言うと、今度は温かいミルクティーを買ってくれる。「飲みなさい」と言って渡されると、カップからほんの少し湯気が立っていた。

冷えていたから、これもとても美味しい。体の芯から温まった。

人混みではぐれないようにと腰に手を回されたまま歩いていると、それがお店のガラスに映る。ランタンの灯りの中に浮かび上がる二人の姿は、なんだかデートに見えて気恥ずかしい。

寄り添って歩く私たちに話しかけてくれる街の人もいた。

「ミュスカ様、楽しんでるかい？」

「レスター様にいろいろ買ってもらうんだよ！」

教会では農作業で疲れた方々を癒《いや》したりもしていたから、意外と顔見知りができていたらしい。温かい言葉をかけてもらって、胸がぽかぽかする。

私が少しずつスノーブルグに馴染んできていることは、私よりもレスター様の方を喜ばせたようだ。彼はその嬉しさからか、腰に回していた手に力を入れてぐっと私を引き寄せた。

また、どきりと心臓が跳ねる。

「ミュスカ。次はこちらだ」

「はい」

レスター様は慣れた街並みを颯爽《さっそう》と歩いて、街の中央から離れたところの大きな樹の下に私を連れてきた。

樹の周りには白い花弁の花が、あたり一面にまるで絨毯《じゅうたん》のように咲き誇っている。

純白の花は、まるで雪の結晶のようでなんとも綺麗《きれい》だった。

周囲には私たち以外にも男女のカップルがところどころにいて、男性が花を女性に渡していた。

真っ白な花の絨毯《じゅうたん》が美しくて見とれていると、レスター様はその花の前まで私を連れて行った。

準備していたかのように一番大きく綺麗《きれい》な花を一輪採り、それを私に差し出す。

「ミュスカ……これを」

「綺麗《きれい》な花ですね……？」

「スノーブルグにだけ咲く花で、結婚相手に贈る花だ。雪の花と呼ばれている」

結婚相手という言葉と目の前の綺麗《きれい》な雪の花に、一瞬思考が止まる。

自信なさげに横目で見ても、私たちの周りには既に盛り上がっているカップルの他、誰もいない。

差し出されているのは私で間違いなかった。おそるおそる聞いた。

「……私に？」

「君に一生を誓いたい」

「……婚約をいずれ解消することは？」

「それはあり得ない。伯父上や従兄弟《いとこ》にも婚約すると手紙を出した」

まだ、辺境伯であるレスター様に求婚されたという事実に戸惑いはあるが、その想いを素直に受けとりたい気持ちもあった。私も、彼の真っすぐな想いに惹《ひ》かれているのだ。

それだけではない。言葉では言い尽くせないほど、彼は誠実なのだ。

でも、やはり自分の身分が気にかかってしまう。私が平民孤児であることはどうあがいたって変えられない事実だからだ。そう考えると、気持ちが沈んでしまう。

「……レスター様、でも……。身分差が……」

「正直、君が聖女で良かったと思ってはいる。聖女なら身分も関係なく結婚が認められるから……。聖女じゃなかったら色々と手を回さないといけないところだった」

レスター様は、私が聖女じゃなかったとしてもどんな手を使ってでも結婚に持ち込む気だったようだ。最初に教会から連れ出された時の強引さが思い出される。

あの時は本当に訳のわからないまま連れ出されたから……

レスター様、想いが一直線すぎる。

「ミュスカが好きだよ」

真っすぐに誤解のしようもない告白をされてしまった。

本当に、婚約をいずれ解消しないなら……私も好意を寄せてもいいのだろうか？

期待してはいけないと戒《いまし》めていた気持ちを、消してしまいたいと思ってしまう。

「俺と結婚して欲しい。君以外はいらない」

愛おしそうに伝えてくる様子は、貴族であるレスター様を無意識に拒んでいた心を溶かしていく。

彼の想いが、私の奥底にまで浸透するのを感じた。

「婚約者候補、ではなく……婚約をしてくれるな？」

「は、はい」

真剣な声で告げられた婚約の申し出に、赤らめた顔を首振り人形のように上下に振る。

「う、受け取っても？」

「もちろんだ。ミュスカだけにしか一生贈らない」

レスター様に差し出された雪の花を両手で受け取ると、両頬に手を添えられて額に唇が落ちてきた。頬が熱い。今私の顔はリンゴのように真っ赤だろう。

「あ、あの……」

「……今夜は邸に泊まらないか？　もちろん部屋は別々だが、今夜は同じ屋根の下にいたい」

「は、はい……」

愛おしそうに言う様子に心を打たれ、両手でしっかりと雪の花を握りしめた。

そのまま、積極的にスキンシップを図ってくるレスター様を拒めず、触れ合いながらお邸へ二人で帰る。

私は、優しい彼の腕の中に捕まってしまったのだ。もう逃げられない。

こうして私は、分不相応ながら辺境伯レスター様の婚約者になってしまったのだった。

◇

雪祭りの翌日。祭りの名残《なごり》か、街は今日も賑わっていた。

アミュレットは昨日で完売したため、今日の教会の務めはお休みになっている。

午前の時間が空いた私は、いつもは午後から行われる執事のアランさんによるマナーレッスンを食堂で受けていた。

貧乏庶民の私には、こんなに銀食器が並んでいるのを見ることすらこの邸に来て初めてで、本当に基本的なことから教えてもらっている。

習い始めを思い返せば、アフタヌーンティーに食べ方があることにすらびっくりした。三段のスタンドは下の段からサンドイッチ、スコーン、ケーキと構成され、食べる順序が決まっている。下の段から食べないといけなくて、下の段が残った状態で上の段に手を付けたら、下の段の軽食に戻ってはいけないらしい。なぜ？

これは序《じょ》の口で、軽食も含め、一日何食いただくの？　というくらい貴族様は食事をとっている。しかも、何をするにも着替えがいるらしく、一日中同じ服で過ごすことはなかった。

「お嬢様は上達がお早くて、素晴らしいですね」

「アランさんのおかげです。ご指導ありがとうございます」

褒めてくれるアランさんに、お礼を言う。

今までこんなことをしたことがなかった私には、変な癖がついていない。たぶん、空っぽのスポンジが水を吸収するようにどんどん覚えていけているんだと思う。

レッスンが一段落して部屋に戻ると、メイドのアンナさんとスペンサーさんがドレスを準備して待っていた。

「今夜は、夜会ですからね。華やかな衣装にしましょう」

用意されたドレスは、一生着る機会なんてないと思っていた美しい青いドレス。ドレスに合わせた宝石のアクセサリーに、光沢のある靴も準備してある。

今夜はレスター様が晩餐会《ばんさんかい》と夜会に招待されていて、婚約者の私も一緒に行くことになっているのだ。

レスター様には今までパートナーがいなかったせいか、スペンサーさんたちは自分のことのように張り切って準備している。二人がかりでドレスを着せられてしまった私は行く前から疲労困憊《ひろうこんぱい》だ。

ドレスを着た後は、髪を結わえるのも化粧も得意なアンナさんがテキパキと私の顔を整える。

スペンサーさんは、アンナさんに後を任せて部屋を去った。

化粧をすると、「これは誰ですかね?」と突っ込みたくなるほど鏡の中の自分が別人のように見える。私は違和感に首をかしげるが、アンナさんは「綺麗《きれい》ですわ!」と褒めたたえてくれた。

「お嬢様、レスター様から雪の花をいただいたそうじゃないですか! 良かったですね!」

仕上げとばかりに髪を結いあげながら満面の笑みを浮かべるアンナさんと鏡越しに会話する。

「は、はい、スノーブルグでは結婚相手に贈ると言われました」

「結婚相手もそうなんですが、そうじゃなくてもスノーブルグの女性は雪の花をもらうのが夢ですよ！」

「他に何か意味があるんですか？」

ただ、結婚するために贈るだけではないような言い方だったので、つい気になり聞いてみた。

「雪の花には永遠の愛という意味があるんですよ！」

物凄い答えが返って来てしまった。

確かに、レスター様は一生を誓おう、とか言ってましたけど！

「私がいただいて良かったのでしょうか？」

「お嬢様以外、誰がレスター様からいただけるんですか？」

きょとんとしたアンナさんの顔が鏡に映っている。

雪の花をくれたときのレスター様の真剣な顔を思い出して、恥ずかしくなり顔を両手で覆う私に、アンナさんは気にせずに髪をまとめていた。私の性格に慣れてきている。

「さぁ、できました！　さっそくレスター様にお見せ致しましょう！」

「アンナさん……ほ、本当に変じゃないですか？　落ち着かないんですけど……」

「お嬢様、私にさん付けはいりません。アンナ、とお呼び下さい」

「え、でも……」

「アンナです」

アンナさんは年上だし、レスター様の婚約者とはいえ平民の私が呼び捨てにするのはおそれ多いんですけど……

「あ、アンナさん……」

「お嬢様、アンナ、です」

抵抗してみせても許してくれなさそうなアンナさんに、おそるおそる名前を呼ぶ。

「……アンナ」

「はい、お嬢様。さぁ、レスター様がお待ちですよ！」

呼び捨てにされたことにアンナは喜び、私の背中を押すようにレスター様のところに連れて行った。

玄関ホールの階段で今か今かと待っていたレスター様は、私のドレス姿を目にとらえると、瞬《まばた》きするのも忘れたように固まってしまった。

一息ついて動き出すと、慣れないドレス姿の私を満足気に誉めて下さる。

「なんて綺麗《きれい》なんだ……女神のようだ。いや、女神よりも美しい。アンナ、よくやった」

「そ、そうですか」

もちろんお会いしたことなどないけど、女神様のほうが絶対に綺麗《きれい》だと断言したい。そんなことを言われると冷や汗が出そうだ。でも、否定の言葉は届きそうもないくらいレスター様は感激している。

彼を見ると、スっと伸びた背筋に高身長が相まって、深い青色の正装がよく似合う。

誰が見ても一度はときめくだろう。

……どう見ても彼のほうが綺麗《きれい》だ。

「では、行こうか。決して離れないように」

「は、はい。絶対に離れません」

腕を軽く差し出され、アランさんに習ったようにその腕の内側にそっと手を添えた。そのまま、レスター様が招待された晩餐会《ばんさんかい》に同行する。

晩餐会《ばんさんかい》はレスター様の友人・バロウ伯爵の邸で行われる小規模なもので、大人数の集まりじゃなくてちょっとほっとした。

席次もレスター様と隣同士だった。バロウ伯爵夫人はこういった会に慣れていない私に気を遣ってくれたのだとわかる。

晩餐会《ばんさんかい》では、女主人が会話を提供する。会話する相手は女主人が右隣と話せば、私達も右隣と会話し、左隣と会話すればみんな左隣と会話することになる。

今夜の主催者であるバロウ伯爵夫人は、私が会話に困らないようにか、右隣のレスター様とばかり話ができるよう、全体の会話をコントロールしてくれていた。話題も簡単なものを選んでくれているようだ。

まだまだ貴族社会に慣れない私にはその気遣いがありがたかった。

晩餐会《ばんさんかい》が終わればバロウ伯爵夫妻と夜会へと繰り出す。

どうやら雪祭りの翌日には、近隣の貴族たちが集まるこの夜会が毎年開かれるらしい。

会場に着くも、まるで立派な神殿のように装飾の施された入り口に私は圧倒される。

煌々《こうこう》と灯りが燈《とも》され、艶《あで》やかなドレス姿の令嬢たちに正装姿の紳士たちが、早々と会場入りをしていた。あまりの煌《きら》びやかな世界に目を丸くしてしまう。

これ……私が入っていいのだろうか？

「どうした？　ミュスカ」

「……私、追い出されませんかね？」

「大丈夫だ。俺の側にいなさい」

レスター様が自信ありげに言う。

そう言われても初めての夜会に不安を隠せずにどきどきしていると、バロウ伯爵夫妻がくすくすと笑い混じりに大丈夫だと言ってきた。

「この街を救った聖女・ミュスカ様を追い出すような方はいませんよ」

「レスターがこういった場に女性を連れて来たのは初めてだから、自信をお持ち下さい」

バロウ伯爵夫妻に応援をされ、覚悟を決めて夜会会場に入ったが、やっぱり私だけが場違いに思えた。

その場に立ち止まったまま、光り輝くシャンデリアを呆然と見上げる。

「レスター様……凄い世界ですね……」

「ミュスカもすぐに慣れる。アランがミュスカは素直で物覚えが良いと誉めていたぞ」

こんな世界に慣れることはあるのだろうか。疑問はあるが、とりあえず「今日はダンスはしない」とレスター様が言っていたので、それを信じて側にいることにした。

それでも不安なまま、なんとなく俯《うつむ》いて視線を下に向けていると、レスター様が私の頬に手を添え、じっと目線を合わせてくる。

彼は優しげに微笑むだけで、何も言わない。でも、大丈夫だ、と言われている気分になった。

レスター様には参加者みんなが挨拶に来る。どの貴族も、辺境伯であるレスター様に敬意を払っているのだ。

私は緊張からくる動悸を必死に抑えながら、アランさんの教え通りに笑顔を絶やさずに一緒に挨拶をした。レスター様に恥をかかせる訳にはいかないと必死だったのだ。

挨拶の人たちもはけて、会場でのダンスや歓談を楽しむ貴族たちの熱気をぼんやりと見ていると、レスター様が腰をかがめて目を合わせてくる。

「ミュスカ。本当にドレスがよく似合っている」

「……レスター様のおかげです」

耳元でそう言われた。レスター様の正装と同じ青色のドレス。落ち着いた色だが、決して地味でも派手でもない。似合っていると言われて、赤くなる頬を押さえながら答える。

レスター様のそのお顔を見て、ふいに気付いた。挨拶に来る人たちにレスター様が応対する顔はいつも私に向けるものとは違っていた。多分、あれは社交用の作られた顔なんだろう。

言ってしまえば愛想がない彼のその様子を思い出し、私に向ける笑顔は何なんでしょう、と不思議な気持ちになる。

普通の挨拶の人たちにさえ硬い顔を向けるのに、そのうえ相手がご令嬢だとニコリともしない。

そんなことを考えながら、レスター様がボーイから受け取ってくれたドリンクを二人で飲んでいると、見覚えのある顔がやって来た。

真っ赤な可愛らしいドレスに、いつも綺麗《きれい》に巻かれた縦ロール。金髪碧眼《へきがん》の小柄な彼女は以前同じ教会にいたシャーロット・バクスター伯爵令嬢だ。

「レスター様、こんなところでお会いできるなんて！」

「……以前どこかでお会いしたことがあったでしょうか？」

お会いできて感無量といった様子のシャーロット様がレスター様に挨拶をするけど、彼は彼女を全く覚えていなかった。

そんな塩対応なレスター様にシャーロット様は顔を少し引きつらせてしまい、なんだか見ている私の方がハラハラしてしまう。

「あの、レスター様。この方は私と同じ教会にいた聖女の方です。あの時ご挨拶されたのでは？」

レスター様が私を呼び出したあの教会の部屋にいましたよね？

私が呼び出された部屋にしっかりといましたよ。

「そういえば、何人か聖女がいたな」

淡々と言うレスター様。シャーロット様は、そんなことはお構いなしに感激したように話している。

「雪祭りにアミュレットを売りに来て良かったですわ！」

どうやら、コンスタンの教会の神父様と一緒に出店しに来ていたらしい。

「シャーロット様、お久しぶりです。神父様は？」

「あぁ、あなた、いたの。……神父様？　私は、自分の邸の馬車で来ましたから、わかりませんわ。もう帰ったのではないかしら？　私は、貴族ですのでね。いつもの宿がありますから、神父様とは別に決まっているでしょう？」

一緒に来ているなら、ご挨拶を……と思ったのだが、マイペースなシャーロット様は神父様のことなどどうでもよさそうだった。

そのうえ、彼女の言ういつもの宿とは、貴族専用と言っても過言ではない高級宿だろう。

馬車も、教会の馬車よりもシャーロット様の邸の馬車のほうがもちろん立派だ。彼女にとっては、アミュレット売りよりも夜会に参加することのほうがメインのような気がした。

そういえば、教会でもいつも優雅にお茶を飲んでいた人だと思い出す。

今も私のことなど眼中になく、正装を着こなす素敵なレスター様をひたすらに見つめている。彼はこの熱視線に気づかないのか、はたまた気づいたうえで無視しているのか、振り向きもしない。

「レスター様。聖女が必要なら私に言って下されればすぐにお伺いいたしますのに……」

「聖女は必要でしたが、ミュスカに側にいてもらうのは聖女だからではありません。彼女が俺の可愛い人だからですよ」

「……この子が？」

「一目見て忘れられなくなったほど可愛いですね」

一体何を暴露しているのだろうか。

シャーロット様はレスター様の発言に気持ちが追いつかないのか、目が点になっている。

むしろ、私もシャーロット様と同じ気分だ。この空気をどうしたものかと思っていたら、

「ミュスカさん！」

急に名前を呼ばれた。夜会に知り合いなんているはずないのに、一体誰が私を呼ぶのか。不思議に思って振り向いた。

「まさか、こんなところでミュスカさんに会えるなんて……」

満面の笑顔でやって来たのは柔らかい茶色の短髪の紳士。どこかで見た覚えはあった。

見覚えはあります……と顎に手を当てて必死で思い出す。

確か、山に魔除《まよ》けの結界を張りに聖堂騎士団の方と一緒に行った時にいた気がする。ぼんやりと山の風景が頭に浮かんできている。

「お名前は確か……ディ……」

「そうです！　ディビッドです！」

ディ、と言葉を発したところで、彼が間髪容《かんはつい》れずに名乗り、うっすらと思い出し始めた。

「ディビッドさん！　覚えています」

レスター様はディビッドさんと会話を交わす私をじっと見下ろしている。妙な威圧を感じる。

本当はディビさんかデイブさんかうろ覚えだった。名乗って下さり助かったと胸をなでおろすが、

それは表情に出さないようにと笑顔でごまかした。

「知り合いか？」

「はい、以前聖堂騎士団の方と山に結界を張りに行った時にご一緒しました。思い出しました！　チョコレートを下さった方です！」

話していると意外と思い出すものだと、パンッと音を立てて両手を合わす。

「チョコレート……？」

「はい、山でおやつに美味しいチョコレートを一ついただきました」

「ミュスカはチョコレートが好きなのか？」

「あまり食べることがなかったので……珍しかったです」

甘かったチョコレートを思い出して笑うと、レスター様はなぜかムッとする。

何かまずかっただろうか。まさか、チョコレートに喜ぶ姿に呆れてしまったのだろうか。

慌てて訂正する。

「あ、あの……別にチョコレートに釣られて仕事に行った訳ではありませんよ」

たまたま仕事に行った先でチョコレートをいただいただけです。

すると、レスター様はディビッドさんに対抗するように言う。

「明日は、チョコレートを買いに行くか？」

「もう、お礼はいっぱいいっぱいです……」

もう金貨のお礼はいりません。毎日たくさんのものをいただいている。

レスター様の右腕を少しだけ掴《つか》んでこれ以上のものを与えてくるのを止めた。

そんな私たちを見て、ディビッドさんが話を振って来る。

「ミュスカさんがいるなら、仕事をお願いしても？」

「仕事ですか？」

「ディーゲルの山に、聖女の祈りが必要なのですが……大量の魔物が発生する前に、聖女の力で山を清浄な場所にしていただきたいのですよ。その聖女はミュスカさんにお願いしたい。その後は食事でも……」

私を誘おうとしたところで、レスター様がきっぱりと言い放つ。

「俺の許可なくミュスカを誘わないでいただきたい」

レスター様は右腕を私に掴《つか》まれたまま、もう片手は私の肩に乗せて自分の方に抱き込み、ディビッドさんにそう言った。

まるで、私を誰にも見せないように庇《かば》っているような体勢だ。

その様子にディビッドさんも、シャーロット様も驚く。

「あの……失礼ですが、どちら様で？」

ディビッドさんが、そう聞く。

「レスター・ヴォルフガングだ。彼女は俺の婚約者だ。気安く近付かないでもらおう」

「まさか、あのヴォルフガング辺境伯様!?」

「だったら何だ？」

ディビッドさんは不機嫌そうなレスター様の正体に驚き、呆気《あっけ》にとられて私を見た。

「ご存じなのですか？」

あのヴォルフガング辺境伯様、という発言にそう聞いた。

「有名ですよ。誰にもなびかない冷酷《れいこく》な辺境伯だと噂が……」

「……冷酷《れいこく》？ ……どなたが？」

ポカンと口を開けて聞き返す。

冷酷《れいこく》な様子など見たこともなかった。私に向けるのは眩《まぶ》しい笑顔ばかりだからだ。

「ヴォルフガング辺境伯様です」

ディビッドさんがそう言い、レスター様を見上げるが、彼は無表情のままだった。

「ディビッドさん。レスター様は、冷酷《れいこく》ではありませんよ。いい方です」

「本当ですか？」

「本当です。とても優しい方ですから……」

おかしいな、とディビッドさんは考えているけど、私からすれば冷酷《れいこく》だという噂がある方が不思議だった。

「冷酷《れいこく》だと言われようが、噂など気にしない。縁談も必要ないからな。ミュスカ以外に俺がなびくことはない」

可愛がるように私の頭を抱き寄せてそう言うレスター様は、私を慈《いつく》しむいつもの彼だった。

それを目の当たりにしたシャーロット様が話に割り込んで来た。

「それなら私が致します！　私だって山に『聖女の加護』ぐらいできますわ！」

シャーロット様がフンと鼻を鳴らして、不機嫌になってしまった。

どうやら、目の前で私に仕事を頼んだことと、レスター様の様子にプライドが傷ついたらしい。

「立候補している方がいるんだ。そちらの方にお任せすると良いのでは？」

レスター様は何だか私をディビッドさんに近付けたくないようで、一歩私を下がらせた。

「ミュスカさんはお忙しいので？」

「彼女は今、スノーブルグの聖女だ。辺境伯として、ミュスカが行くなら俺も行こう」

食い下がるディビッドさんに、レスター様は冷たく言い放つ。

「山には魔物も出ますから、辺境伯様には少し荷が重いのでは？」

ディビッドさんは聖堂騎士だから、聖女が攻撃術を使えなくても護衛として問題ない。

そのせいか、辺境伯のレスター様と自分の腕を比べるような発言をした。

「腕に覚えはある。聖堂騎士に後《おく》れを取ることはない」

レスター様はどうやら、腕に自信はあるらしい。

それにしても、どうしてディビッドさんは私にこだわるのかしら。

言いにくいけど、確かに私はシャーロット様よりは聖力がある。でも、珍しくシャーロット様が行くと言っているんだから、わざわざ私にお願いする必要もないと思う。

確かに、魔物が大量発生していないなら、山全体に結界を張る必要はない。山に加護を付けるだけで済むだろう。

もしかしたらまた後日、すぐに加護が必要になるかもしれないけど……

それとも、山への加護だから私が行った方がいいのかしら。

シャーロット様は、山は虫が出たりして嫌だといつも言っていたし……

悩んでいる私に、レスター様は私が行きたいのだと勘違いしたようで、少しだけため息をついた。

シャーロット様は、なぜか歯ぎしりでもしそうなほど険しい顔で私を睨《にら》む。さすがに怖い。

「……ディビッドと言ったな。姓はなんだ？」

「ディビッド・サムズです」

「では、サムズ。ミュスカに仕事を頼みたいなら、ヴォルフガングに正式に要請しろ。もしくは、スノーブルグの教会へ要請するんだな」

レスター様はそう言うと、もう話はないとばかりに私の腰に手を回し、その場を後にした。

会場を出て、明るい廊下を足早に歩く。その足取りに、苛《いら》ついた雰囲気を感じる。

そのまま控室に連れて行かれると、強張った顔で隣に座らせられた。

「彼は友人か？」

「全く違いますが……正直言いますと、名前もうろ覚えでした。ディビッドさんが名乗らなかったらきっと思い出せなかったです。チョコレートをいただいたことは覚えていたんですけど……」

すみません、チョコレートなんて普段食べないから珍しかったんですよ。

「覚えていなかった？」

「……はい。覚えてないなんて失礼なので、二人だけの秘密にして下さいね」

目を丸くして聞いていたレスター様が、少しだけフッと笑う。

「すみません、呆れますよねっ……」

チョコレートをくれた人、としか覚えていないなんて。恥ずかしくて、顔を両手で覆ってしまう。

山に『聖女の加護』や結界を付けるのは、いつものことだった。聖堂騎士団と同行することも度々あったし、いつも同じ聖堂騎士が来るとは限らない。だから覚えていなかった。

「さて、どうする？　あの様子だとミュスカに頼みに来そうだが……」

その質問にすぐに答えられなくて、ほんの少しだけ間が空いた。

「……頼みに来なくても、もしかしたら行った方がいいかもしれません。もちろん、すぐじゃなくて大丈夫と思いますが……数日後ぐらいに行きましょうか？」

「……何かあるのか？」

言いにくい。

たぶん、シャーロット様は私よりも聖力がないのだ。あまり大きな結界も加護も付けたことがないはず。もしかしたら、持続的に『聖女の加護』を付けられない可能性がある。

もちろん数日は大丈夫だろうけど……

でも、あの場では言えなかった。

言えば、シャーロット様を不愉快にさせてしまうし、ディビッドさんとレスター様は何だか険悪なムードだったし。

「ミュスカ？」

「……けなすつもりはありませんが、シャーロット様では少し聖力が足りないかもしれません」

「そうか……山間《やまあい》の街ディーゲルに大規模な雪崩《なだれ》が起きては、スノーブルグも近隣の村も困る。一度、俺が先に行こう。結局ミュスカに仕事を要請するかもしれないが、その時は必ず俺がミュスカの護衛をする。だから、ミュスカが行く時は二人で行こう」

「はい」

今まで、こんな風に意見を言うことはなかったから、少し不安だった。でも、大事なことだと思って言ってみたら、レスター様は嫌な顔もせずに聞いてくれて、それに安心する。

「ミュスカ、言ってくれてありがとう」

「はい、レスター様」

シャーロット様を気にしている私を労《いたわ》るように、レスター様は優しく頭を撫でてくれた。

「今日は、もう疲れただろう。今夜も邸に来てくれるか？　部屋まで送りたい」

「はい。一緒に帰ります」

そのまま二人で寄り添い合い、夜会を後にした。

◆

いつも通りにミュスカを教会に送り届けると、ちょうどコンスタンの神父も出発するところだったため、お互いに挨拶だけ交わした。

なにか言いたそうな雰囲気を醸《かも》し出している神父から、ミュスカをさっさと引き離す。彼女をあのコンスタンの教会には帰したくないのだ。

最近は来たときに比べて血色も良くなり、少しずつ服も受け取ってくれるようになったのだから、以前の冷たく寂しい暮らしに戻したくない。

姿を見せることすら、もったいない。こんなに可愛くて健気《けなげ》で素晴らしい女性を、あんな物置小屋に住まわせていたコンスタンの教会には嫌悪感《けんおかん》しかないのだ。

そう思うと、自然と神父をギラリと睨《にら》んでしまう。

聖女の仕事として依頼し、ミュスカを正式に引き取っているから神父は何も言えない。名残《なごり》惜しそうにこちらをちらちらと見ながら彼はコンスタンへの帰路に就《つ》いた。

コンスタンの神父がいなくなり、見送りに来ていたジェスター神父にミュスカを頼む。

「朝早くて悪いな。俺は今から山間《やまあい》の街ディーゲルに行く。ミュスカを頼んだぞ」

「ディーゲルですか……先日に続き、また雪崩《なだれ》があったそうですね。コンスタンの神父と一緒に来た聖女様に祈りを捧げてもらったそうですが、時間がなかったので山への『聖女の加護』が足りなかったのでしょうか？」

ジェスター神父が、大変ですねと心配そうに言う。

その話を聞いて、ミュスカと顔を見合わせる。

……わかる。ミュスカも俺と同じことを思っているはずだ。

シャーロット・バクスターの『聖女の加護』は全く効いてないじゃないかと。

それなのに自信満々で、「『聖女の加護』ぐらいできますわ！」と言ったのだ。

いくらミュスカに対抗するためとはいえ、一体なにがしたいのか。

呆れ交じりで言う。

「あぁ……とりあえず、行って来る。帰りは従者のケントを迎えに寄こすから」

「は、はい。お気をつけて下さい」

「終わればすぐに帰ってくる。夜には帰るから……」

名残《なごり》惜しい気持ちでミュスカの手を取り唇を落とすと、顔を赤らめる彼女がまた愛おしい。可愛くてたまらない。

頬が赤いままの彼女に見送られて、山間《やまあい》の街ディーゲルへと向かった。


馬車を走らせて、ディーゲルの山へと到着した。

山間《やまあい》の街ディーゲルの領主が、聖堂騎士団と聖女に要請をして山に『聖女の加護』を付けることになっている。

『聖女の加護』を付ける山に到着すると、立候補したシャーロット・バクスターの祈りがすでに始まっていた。

祈りは、広範囲に聖力を使うときに必要だとミュスカが言っていた。

祈ることで、集中力を高めて聖力を広げるのだと。こんな広大な山に『聖女の加護』を付与するのだから、集中力はかなりのものを要するだろう。

コンスタンの教会の神父は、馬車が違うからと別行動で帰った。

自分の教会に所属する聖女の仕事なのに気にならないのか、帰りにここに寄ることすらない。

山には魔物が出現するため、聖堂騎士たちも護衛で来ている。聖女を守ることは、聖堂騎士団の重要な仕事だった。

辺境伯である俺が到着したことに気付いたディーゲルの領主が会釈《えしゃく》をしてくる。

俺は彼の隣に移動し、シャーロットの『聖女の加護』を見ることにした。

周りが息を呑む中、加護の光が現れる。だが、やはり弱い。

ミュスカの、あの春のような目映《まばゆ》い光とは違っていた。周りが光ることもない。

思い返せば、以前スノーブルグにいた聖女も雪を光らせることはなかった。

ミュスカは、自分には少しばかり他の聖女よりも聖力があると思っているだけのようだが、おそらく少しだけではないし、それだけではない気もする。

長い時間をかけて『聖女の加護』の付与が終わると、来ていた者たちはみなホッとした顔になっていた。

でも、俺はミュスカの祈りを見てしまったから、この加護が続くとはどうしても思えない。

ミュスカは『豊穣《ほうじょう》の祈り』をあっという間に終わらせたこともあり、こんなに加護に時間のかかったシャーロットは本当に聖女としての力が足りているのかと疑ってしまう。

そう考え、隣で安堵の表情をみせているディーゲルの領主に伝えた。

「……この加護が切れれば、次はヴォルフガングに相談をして下さい」

領主は、加護が終わったばかりなのに？　と意味がわからないという風だった。

確かに、ミュスカの力を見ていなかったら俺だってそう思ったかもしれない。

この付近は辺境でも、栄えている街が多い。さらに、スノーブルグと王都を結ぶこの街とは親交が深く、無視できない中間地点だった。その山に雪崩《なだれ》が起きてはこちらも困る。

王都からの旅人も多く、商人の行き来がなくなれば困るのは民。災害で、人々を苦しめる訳にはいかないのだ。

領主と挨拶を交わし、スノーブルグで待っているミュスカに何か土産を買って帰ろうかと思っていると、あのシャーロットが話しかけてきた。

「レスター様！　来て下さったんですか⁉　嬉しいですわ！」

「……それはどうも」

ニコニコと笑顔で近付いて来たこの聖女も、俺と結婚したがっている一人なのだろう。

でも、俺はこんな女に会いに来た訳ではない。

自慢ではないが、結婚の申し込みは今までもたくさんあった。俺が十歳で両親を馬車の事故で亡くし、幼くして辺境伯を継いだからだ。

俺も同じ馬車に乗っていたが、両親が俺を庇《かば》ってくれたために俺だけが生き残ったのだ。その後は色んなことが一度にのしかかってきて、悲しむ暇もなかった。

多くの貴族が後見人を申し出てきたが、幼い俺を傀儡《かいらい》にして、辺境伯の実権を握ろうと近付いて来た者ばかりだった。実権を握るまではいかなくとも、幼かった俺相手なら甘い汁が吸えると思ったのだろう。

その時から、つけ込まれる隙を与えてはいけないと、むやみに笑うのを止めた。笑う理由もなかった。

そんな俺を助けてくれたのは、伯父上だった。

伯父上が、幼いながらも俺を正式に辺境伯と認めなければ今の俺はなかったのだ。

そうして辺境伯となった俺に対する結婚の申し込みは多かった。だが、誰とも結婚する気にはならなかった。

今すり寄ってきているこのシャーロットという聖女のように、媚《こ》びを売ったり取り入ろうとしたりする人間がどうしても受け入れられないのだ。

「雪祭りの日もお会いしたかったのですよ。私もアミュレットを売りに来ていましたのに」

「神父とは挨拶を交わしましたが……コンスタンの教会からわざわざ来られたそうで」

アミュレットの売り上げが落ちていることは知っていながら、わざとそう聞いた。

「最近は、アミュレットに効果がないだとか、癒《いや》しの順番が回って来ないなどと言いがかりをつける怖い方々が多くて……聖女たちはみんな怯えていますわ。忙しくてもみんな頑張っておりますのに。だから、神父様が雪祭りでアミュレットを売りに行くことをお決めになったのですわ。私は、レスター様に会えるのを楽しみにしてましたのよ」

シャーロットは、怯えるような素振りでそう言う。

しかし、怖い方々とは……それは、苦情を言いに来た人々ではないのかと疑問に思う。

「どうしてスノーブルグに？」

「ええと……なんだったかしら？」

「覚えていないので？」

思わず呆れて聞き返してしまう。

「そんなことありませんわ。そうですね……ん……ええと、確か他の街で良い評判をあげて、他の街からも人が買い求めに来るようにしたいとか言っていましたわ。しっかりと覚えていますわ！」

……さっきまで忘れていただろう、と突っ込みたくなる。

指で眉間を押さえていたが、さらに呆れて頭を抱えてしまう。

これ以上他の街に悪い噂が流れるのを防ぐためでもあるだろうし、健気《けなげ》に聖女が売りに来たとなれば、人は悪くは思わないという思惑で来たのでは？　そう考えていた。それがどうでもよくなる。

コンスタンの教会の噂は聞いていた。今まで人気だったはずのアミュレットなのに、最近では「アミュレットの効果がなくなった」や「癒《いや》しの効果が薄い」などの悪い噂がコンスタンの街以外にも広まりつつあるのだ。

一方で、スノーブルグでアミュレットを買い求める人々が増えたとハリーとレイフが言っていた。だから、スノーブルグのアミュレットは連日完売なのだという。

目の前のシャーロットはマイペースな性格なのか、俺が頭を抱えたことは気にせずに、上目づかいでこちらを見上げている。

ニコリともしてない俺の無表情をどう思っているのだろうか。

「レスター様、よろしければこの後一緒にお食事でもいかがですか？」

「可愛いミュスカが待っていますので……」

「あの子なら待たせても大丈夫でしょう？　それに可愛いだなんて……」

「ミュスカは俺の婚約者です。俺の優先順位はミュスカが一番上ですよ。それに、ミュスカ以外に可愛いと思える女性はいませんよ」

まるで、ミュスカを待たせるのが当然かのようにシャーロットは言った。心なしか、彼女の顔は軽く引きつっている。

「あの……あの子と本当に婚約を？」

「当然です。俺から随分ミュスカにお願いをして、やっと婚約してくれたのです」

「で、でもっ」

食い下がるシャーロット。ミュスカは、コンスタンには友人など一人もいないと言っていた。この聖女たちが俺の大事なミュスカを見下し、こき使っていたからだろうと察する。

ミュスカをヴォルフガングの邸に連れて来た時、スペンサーやメイドたちが心配するほど彼女は痩《や》せ細っていた。湯浴《ゆあ》みを手伝った時など、メイドたちの方が血色が良いと嘆いていた。

思い出すと、不愉快さが増してくる。

「……最近、コンスタンの街の教会は評判が落ちてますよ。俺を食事に誘っている場合ではないのでは？　急ぎ帰り、聖女の務めに励《はげ》むことをお勧めしますよ。では」

冷たく言い放ったせいか、シャーロットはバツが悪そうに目をそらした。軽く頬もぷうっと膨らんでいる。

彼女のことは放って山を下り、麓《ふもと》に待たせていた馬車に乗り込む。

「リード。途中でどこか店に寄ってくれ。ミュスカになにか買いたい」

「かしこまりました」

御者のリードにそう伝えて、持っていた剣でコンコンと馬車の天井を叩く。その音を合図に、馬車は走り出した。

やっと一息ついて、思い返すのも嫌だがシャーロットの聖力について考える。

あの弱弱しい加護を見るに、コンスタンの教会のアミュレットの評判が今まで良かったのはミュスカのおかげだと確信した。

恐らくミュスカがいつもアミュレットすべてに『聖女の加護』を付けていたのだ。

俺のミュスカに仕事を押し付けるような人間と食事なんてごめんだ。

ディビッドはミュスカがいないからか、さっさと帰っていた。ミュスカはそういうことに疎《うと》いせいか全く気付いてなかったが、誰が見てもディビッドは彼女を気に入っている。

ミュスカを連れて来なくて良かった。

あんな変な聖女を見たせいか、いつもよりも早くミュスカに会いたくなっている。

初めて出会った時から、少し照れたようなあの柔らかな笑顔に心を奪われてしまっているのだ。

◇

レスター様は山間《やまあい》の街にシャーロット様の加護を見に行かれるそうだ。私は留守番をしておくように言われ、いつも通り教会へと私を送ると一人で行ってしまわれた。

そして、昼には予定通り従者のケントさんが迎えに来た。

「ケントさん、お迎えありがとうございます」

「いいえ。では、帰りましょうか」

「はい」

レスター様のお邸は、馬車が一台ではなく何台もある。私を迎えに来た馬車もやはりヴォルフガングの家紋入りの馬車だった。お金持ち過ぎる。

「ケントさん、レスター様のお家は凄いですね」

「かなりの資産家ですからね。レスター様はやり手ですし、辺境なのに今までは飢饉《ききん》もなく、領民にも信頼されていますので」

そんな立派な方がなんで私なんかにプロポーズを？　とやはり疑問が浮かぶばかりだ。

それに、いつも私に何か買ってくださるし、ここに来てからは生活に困らないどころか、あり得ないほどに生活水準が上がっている。

こんな生活を与えてくれるレスター様に、私も何かしたいと思ってしまう。

「あの、レスター様に私も何かしたいのですけど……お台所とかお借りできませんか？」

「厨房《ちゅうぼう》ですか？　たぶん大丈夫ですよ」

「では、材料を買いに行きたいのですが……」

愛しの金貨が戻って来ましたからね。お菓子の材料ぐらいは買えます！

「材料は邸の食料庫にありますから、ミュスカ様はお金を使わないで下さい」

「……それだと、お礼にならなくないですか？」

「ミュスカ様が作ればレスター様は喜びますよ」

いいのかしら？　と思うが、ケントさんは街に寄ってくれずに、そのままヴォルフガング辺境伯邸に帰った。

「こっちですよ〜」とケントさんに邸の食料庫に連れて行かれる。覗いてみると、食材はたっぷりあった。私が買うより、ここの食材で作ったほうが豪華かもしれない。

邸には家庭菜園もあって、野菜も果物も作っているし新鮮さは間違いない。

家庭菜園という名の農園のような気もしますが。

「ミュスカ様、何をお作りに？」

食料庫を管理している料理長が聞いてきて、何を作ろうかと悩む。彼の好物を知らないのだ。

「何か簡単なお菓子でも作ろうと思うんですけど……レスター様の好きなもののレシピはありますか？　もし良ければ教えて下さい」

「では、一緒に作りましょうか？」

「ありがたいですけど……お仕事のお邪魔では？」

「アフタヌーンティーのお菓子も作りますから、ぜひご一緒に」

年配の料理長さんは、優しい雰囲気でそう言ってくれた。彼もヴォルフガング辺境伯邸の古株の一人だ。

「フェアリーケーキでも焼きますか？　お料理の経験は？」

「……何ですか、それは？」

なんだか、可愛い名前のお菓子について聞かれた。わからないという反応を返した私に料理長さんは苦笑い。

「……幼い頃にお召し上がりになったことがないので？」

「ありません。孤児院でクッキーを焼いたことはありますけど。お料理の経験は、いつも芋の皮剥きをしていましたから、皮剥きは得意だと思いますが……」

「フェアリーケーキは子供と一緒に作ったりする小さなカップケーキです。すぐにできますよ」

「では、よろしくお願いします！」

深々と頭を下げて、料理長さんと一緒に作ることになったが、教えてもらったフェアリーケーキは本当に可愛い焼き菓子だった。

カップケーキだから、生地を練ればすぐに焼く作業に移ることができる。その間に、トッピング用にリンゴを煮詰めたり、クリームなどを準備したりする。

楽しそうに用意する私を見て、くしゃっとした笑顔で料理長さんが言う。

「レスター様も子供の時はよく食べていましたよ」

「まぁ……」

こんな可愛いお菓子を食べていたとは、さすがはお貴族様です。

料理長さんは、古株の一人だからレスター様の好みを熟知していた。凄く頼りになる。

ケーキの準備も整い、夜になるとレスター様が帰宅された。

帰ってきたことに胸を躍《おど》らせながら、玄関で出迎えるとレスター様も「今帰った」と笑顔を見せてくれる。お互いを迎え入れているみたいで、温かい気持ちになる。

「レスター様。夕食の準備はできています。そのまま先にいただきますか？」

アランさんがそう言うと、「そうしよう」と言って、さっそく夕食をいただいた。

私は、フェアリーケーキを晩餐《ばんさん》の後に出そうとうずうずしている。

思えば、好きな方に料理を作ったのは人生で初めてだ。今更ながら緊張して挙動不審な私を見て、レスター様が聞いてくる。

「ミュスカ。どうしたんだ？」

「い、いえ。なんでもないです」

鋭いなぁと思いながら、ステーキを一口頬張った。

フェアリーケーキの準備はばっちりで、夕食が終わったら食後のお茶請《う》けに出す予定だ。

どきどきしながら夕食を食べ終えると、「レスター様。少しお待ちください」と言って彼の返事を待たずに急いでお茶を取りに行った。

廊下に出ると、スペンサーさんがすでにワゴンにお茶のセットとフェアリーケーキを載せて待機してくれていた。

「スペンサーさん！　ありがとうございます！」

「はい。これくらい大丈夫ですよ。さぁ、レスター様をお待たせしてはいけませんよ」

準備されたワゴンを受け取ると、さっそくレスター様のもとへ持って行く。

食堂からは、レスター様とアランさんの会話が聞こえた。

「どうしたんだ、ミュスカは？　お茶ならアランが出さないのか？」

「今夜はお嬢様が出したいそうですので」

軽く微笑み混じりのアランさんに、レスター様は頭の中が?《はてな》になっているご様子だ。

「お待たせしました、レスター様」

雪の結晶模様が可愛らしいお皿にフェアリーケーキを並べてレスター様に出すと、ちょっとびっくりしている。

「あの、いつも良くしてくださるので私も何かできないかと思って……料理長さんとフェアリーケーキというものを作りました」

緊張しながらもそう説明していると、アランさんがいつものようにお茶を淹《い》れ始めていた。

「懐かしいな……両親が居なくなってからはあまり食べなかったから……幼い時は腹が減ったとよく厨房《ちゅうぼう》につまみ食いに行っていたんだ」

どうやら、レスター様は元気な子供だったらしい。

可愛いフェアリーケーキを懐かしむように目を細めているレスター様に、喜んでもらえてよかった、と心の中で料理長さんに感謝した。

「私は初めていただきます。凄く可愛くてびっくりしました！」

今までは焼き菓子と言ったら、本当に焼いただけのお菓子で、こんなにクリームや果物などをのせてカラフルにしたことはありませんでしたからね。

フェアリーケーキを一つ取り皿に乗せてレスター様に差し出すと、嬉しそうに受け取ってくれた。

「お嬢様。こちらは、レスター様がお嬢様のお土産にと茶葉を買ってきてくださいました。本日はそちらをご準備させていただきました」

アランさんがお茶を私の前に出してくれる。

「私に？」

「いい香りの茶葉を見つけたから気に入ってもらえるかと……どうだ？」

「嬉しいです」

お互いのために準備したものでお茶をできるなんて、と感動してしまう。

些細《ささい》なことかもしれないが、そんな小さなことを私は素敵だと思うのだ。

「では、一緒に食べようか」

「はい！」

フェアリーケーキに懐かしさを感じているのも確かだが、ケントさんの言った通りに私が作ったことにレスター様は感激をしたらしい。

やはり、あの告白は気の迷いではなかったのだろうか……

この邸では、まるで別世界のように穏やかな時間が流れていた。

◇

少しずつスノーブルグでの生活にも慣れてきて、今日も教会で聖女の務めをこなしていた。

「はい、これで今日は大丈夫ですよ」

「いつも、すみません。おかげで足の引きつりが結構楽になりました」

ハリーさんは聖堂騎士時代に悪くした足に未だに引きつった感覚があるようで、時々癒《いや》しの術をかけてあげていた。

足を負傷した時にすぐに癒《いや》しの術をかけてもらっていれば、こんなに後遺症が残ることはなかったのに……。その時は負傷者が他にもいて、ハリーさんは後回しになったらしい。

「日常に問題はありませんから大丈夫ですよ」とハリーさんは言うけど、レイフさん曰《いわ》く家では未だに体力作りをしているらしい。きっと、また聖堂騎士に戻りたいんだろう。

そして、癒《いや》しの術が終わるのを待っていたジェスター神父様が話を始めた。

「では、お話を始めましょうか」

ジェスター神父様が、いつもの優しい声色で言う。

私たちは、休憩室でテーブルを囲んで座っていた。

「実はアミュレットの売れ行きが好調でして、我々だけでは手が足りなくなってしまいました」

ジェスター神父様が申し訳なさそうに言う。

「ミュスカ様のアミュレットは人気ですからね」

「他の街にいる家族に送る方々もいるそうで、毎日かなり売れてますからね。確かに売り手が必要です」

ハリーさんとレイフさんが補足するようにそう言った。

一日何十個も作っているが、みんな他にも教会の仕事があり、私もアミュレット作り以外もしている。そのうえ私がいるのは半日だけだから、アミュレット売りの対応にジェスター神父様たちだけでは間に合わないほど忙しくなっていたのだ。

「私が一日仕事をさせていただければ、少しはお力になれると思いますが……」

「ミュスカ様に負担を強《し》いる訳にはいきません。ですから、アミュレットを街の雑貨屋にいくつか卸《おろ》そうと考えています」

ジェスター神父様は、販売場所を教会と雑貨屋の二つに分ければ負担が半分になると考えている。

「ミュスカ様の許可をいただければ、明日からにでも卸《おろ》そうと考えています」

「私の許可ですか?」

「勿論です。『聖女の加護』のアミュレットを作ることができるのはミュスカ様だけですし、ミュスカ様の許可をいただいてから、卸《おろ》したいと思っています」

あんまり自覚はないが、ジェスター神父様は私を尊重して下さっているのだと思う。

こんな風に話し合いにも参加させていただいて、私を無下に扱ったりはしない。……認めたくはなかったけど、コンスタンの教会ではいいように扱われていたと気付いてしまう。

「わかりました。ぜひ、お願いします」

そんな過去を忘れるように笑顔を作り、雑貨屋にアミュレットを卸《おろ》すことを快諾《かいだく》した。


数日後。

夕食とその着替えのために、いつものようにレスター様が青い屋根の家に迎えに来る。

「ミュスカ。そろそろ食事の支度だ」

二人で本邸の廊下を進む。扉の開いた食堂では、既にアランさんと下僕《フットマン》が棒を片手にテーブルと椅子を並べている。

テーブルと椅子の間隔が決まっており、下僕《フットマン》が並べた後にアランさんが確認の為に再度棒で測りながら準備を進めているのだ。

食器の位置にナイフやフォークの間隔まで、すべて決まっている。

大変細かい作業に気が遠くなりそうだが、私は彼らが準備をしている間にドレスの支度をしなくてはいけないから、お手伝いはできない。

夕食のためにわざわざドレスアップするのにはまだ慣れないが、お貴族様には必要らしい。

私の部屋に行くと、すでにアンナがドレスを準備している。

しかも、ドレスが毎日違う……

一度サイズを計ってからは、しょっちゅう仕立て屋からドレスが届いているのだ。

「……アンナ、このドレスは金貨何枚分でしょうか？」

「お嬢様によくお似合いですよ」

アンナにもわからないようで、笑顔で流されてしまった。

お邸のメイドさんにもわからない値段のドレスが来るとは⁉

いただくお礼が大き過ぎて、私はいったい何を返せばいいのかと、未だに思ってしまう。

そんなことを考えながら支度が終わると、食堂に連れて行かれてさっそく夕食が始まる。

「ミュスカ、領民から野菜や果物、花が届いているよ」

「私に……ですか？」

向かい合って食事をしていると、レスター様がそう話し出した。

「君に感謝していて、みんなで収穫した物を集めたらしい。それが木箱二つ分になったみたいで持って来てくれたようだな」

「そんなにしていただくのは初めてです。リンゴとか一つぐらいならこっそり貰っていましたが……」

コンスタンの教会にいた頃に、「ミュスカさんにお礼を」とか、「秘密ですよ」と言われた時だけこっそり懐《ふところ》に入れていたことを思い出す。

それくらいしか貰ったことのない私に、こんなにしてくれるとは……。感激してしまう。スノーブルグの方々の気持ちが素直に嬉しい。

「コンスタンでは貰ったことがなかったのか？」

「木箱二つ分なんてすごい量、初めてです」

「そうか……」

給仕をしているアランさんとレスター様は怪訝《けげん》そうに顔を見合わせている。

コンスタンの教会では、もしこんなにたくさん貰えていたとしても私に知らされることはない。

寄付金なら、尚更私は貰えないと思う。でも、違うのだろうか。

そう疑問に思うと、自然とスノーブルグの教会での話し合いが脳裏に浮かぶ。ジェスター神父様たちは、私に敬意を払い、ないがしろにはしなかったのだ。

「……あの、もし良ければジェスター神父様たちにも分けても良いでしょうか？　ハリーさんとレイフさんは二人暮らしですし、外食したり出来合いの物を買って帰ることが多いと話していたので……」

「それなら、明日にでもパイか何かにして持って行かせよう。アラン、何か作ってやってくれ」

「かしこまりました。リンゴなんかはジャムにしておきましょう」

レスター様の邸の料理長さんの料理は絶品だ。きっと喜ぶ。

「花はどうしましょうか？」

アランさんが聞いてくる。

「お花も嬉しいですけど、レスター様からいただいた雪の花がまだありますから……」

「では、花は別のところに飾りましょう」

雪の花は寒さに強く長持ちで、まだ元気に咲き誇っている。枯れてもいないのに他の花を飾る気にはならず、部屋には持って帰らなかった。

それなのに、その日からなぜか毎日、差出人不明の花が届くようになった。

そして、それが一週間も続いて気味の悪さを感じ始めた頃、やっとヴォルフガング辺境伯邸には届かなくなった。

最初は、私に「花がまた届きました」とアランさんが報告してくれていたが、何日目かの朝、遂に何も言って来なくなったのだ。

庭の青い屋根の家にアンナが朝の支度を手伝いに来てくれるので、世間話の体で話を振ってみた。

「やっと花が届かなくなりました……。一体どなたからだったのでしょうか？」

アンナは、少し考えながら白状して来た。

「……ミュスカ様。実はいまだに届いているんです。レスター様がミュスカ様に届けなくていい、とアランさんたちを止めたから隠していたんです。レスター様はミュスカ様のことがお好きでいらっしゃるから、他の方からの花を届けてほしくないんですわ」

そうだろうか。差出人不明で怪しいからではないのだろうか。

花は嫌いじゃないけど、毎日私宛てで、しかも差出人不明で届くのはさすがにどうしていいのかわからない。

そうこうしているうちに一週間経ち、アンナから「隠しているのではなく、本当に花が届かなくなった」と教えてもらった。

ヴォルフガング辺境伯邸では、それにみんながほっと安堵したのだが……

なんと、今度は教会に花が届くようになってしまった。

花は、花束の時もあれば篭《かご》盛りの時もあった。

今日の配達人から受け取った箱には、開けると花が敷き詰めるように飾られている。

「レイフさん。一体どなたからでしょうか？」

「配達人を経由してしまいますから、相手はわかりませんね」

レイフさんに渡された箱を見ても、目的が理解できない。綺麗《きれい》なのは間違いないんだけど。

「今度はメッセージカード付きですよ」

「はぁ……」

一体なんのメッセージかと予想もつかなくて、気の抜けた声が出る。ハッキリ言ってしまえば、この差出人不明の花を待ち望んだことがないのだ。むしろ怖いからやめてほしい。

今回は初めてメッセージカードが付いていたため、差出人の手掛かりを得ようとおそるおそる開いたが、中身は意味不明だった。

――あなたのDより――

一行だけのメッセージ。

背筋どころか、身体全体がゾワリとした。

あなたってまさか私ーーーー!?

私にDさんなんていませんけど⁉

頭から大量の「？」が噴出する。それくらい意味がわからない。

「あなたとは、一体誰でしょうか⁉　宛先をお間違えではないのですか？　レイフさんとかハリーさん宛かもしれません！」

動揺してしまい、声が上ずる。

「ミュスカ様でなくて、俺たちにこんな物が届いたら気持ち悪いんですすけど……！」

レイフさんがモノクルを、クイッと直しながら呆れて言った。

その気持ちはわかる。私も正直気持ち悪い。

……これくらいで動悸がしそうだなんて、私もまだ修行が足りない！

深呼吸をして、再度花の入った箱を凝視《ぎょうし》する。

花は綺麗《きれい》だと思うけど、差出人不明なのがやはり不気味だ。

レスター様からいただいたお花なら部屋に飾りたいと思う。でも、これは……

「……また、教会にでも飾りますか？」

「そうしてくれると嬉しいです」

微妙に嫌悪感《けんおかん》を隠せない私を見て、レイフさんが花を片付けてくれることになった。

その間に教会前の雪かきに出ると、レスター様が迎えにやって来ている。

「ミュスカ、変わりないか？」

「はい。今日はお早いですね」

馬車で乗り付け、颯爽《さっそう》と降りて来るレスター様。私はいつもより早いお迎えにちょっとびっくりしてしまう。

「ジェスター神父は中にいるか？」

「神父様はハリーさんと雑貨屋に行かれていまして、今はレイフさんしか中にはいません」

「そうか……。すぐに山間《やまあい》の街ディーゲルに行くことになったのだが、ミュスカの力を借りたい……お願いできるだろうか？」

山間《やまあい》の街ディーゲルといえば……

「『聖女の加護』の効果が切れたのですか？」

「ああ、ミュスカの予想通りだ。また雪崩《なだれ》が起きた」

やっぱり……シャーロット様の加護は長続きしてないんだわ。

ディーゲルの領主様からレスター様に連絡があったらしく、彼はすぐに向かおうと早く迎えに来てくれたらしい。

ひとまずレイフさんにディーゲルに行くことを伝えようと二人で教会に入ったところ、彼は花の飾り場所に悩んでいたようで、お手洗いにいた。

あの差出人不明の花の箱はお手洗いに飾られようとしていたのだ。

……お手洗いで良いのかしら？

送り主を不憫《ふびん》に思うが、それでもなんだかあの花は持って帰りたくない。

「レイフ、ミュスカに仕事を頼みたい。今から連れて帰るが……一体こんなところで何をしているんだ？」

お手洗いで腕を組みながら箱の配置を考えているレイフさんを見て、レスター様は不思議がる。

「花の置き場所を考えていまして……」

「花？」

その言葉を聞いて、レスター様は私の方を振り向いた。

「実は教会にもずっと花が届いていまして……持って帰るのもなんですし、教会に飾って貰おうかと思ったんです」

レスター様がため息を吐く。

「そうしてくれ、ミュスカには渡さなくていいから。今まで届いた分はどうしたんだ？」

早く言ってくれと言わんばかりに嫌悪感《けんおかん》を表すレスター様に、レイフさんが花の行方を話す。

「今までの花も教会に飾ったり、〝ご自由にお持ちください〟と書いて教会の入り口に置いたりしました」

ご報告が遅れすみません、とレイフさんは恐縮《きょうしゅく》した。

レスター様は、「そうか……」と怒りを押し殺すように、またため息を吐いた。

「それと、泊まりがけで山間《やまあい》の街ディーゲルに行くから、明日はミュスカは休むとジェスター神父に伝えてくれ」

「承知しました。お気をつけて下さい」

レイフさんが見送ってくれるなか、邸には帰らずにそのままディーゲルに行くことになった。

既にスペンサーさんたちが私の荷物の準備をして、トランクに詰めておいてくれたのだろう。馬車の後ろに積んである。

「レスター様、日帰りではないんですか？」

明日は休みだというし、トランクも大きかったので聞いてみた。

「ディーゲルに俺所有のカントリーハウスがある。アランもスペンサーも行かせたから、今日は向こうでゆっくりしよう」

「そうですか。でも、先に山に『聖女の加護』を付けてからでいいですか？　雪崩《なだれ》が起きているなら気になります」

「ミュスカが疲れてないならかまわないが……どうか無理はしないで欲しい」

「大丈夫です」

毎日無理なく働かせてもらっているおかげか、正直身体は以前より楽に感じる。

仕事の後に毎日ゆっくり休めることがこんなに良いとは……ちょっと感動すらしてしまった。

これもすべてレスター様のおかげだ。彼がこんなに良くして下さらなかったら、ずっとあの教会でこき使われていただろう。

最近は、レスター様が隣にいると何だか安心感を覚える。婚約者になり、私にとっても彼が隣にいるのが当たり前のことになってきたようで、なんだか胸がじんとした。

山間《やまあい》の街ディーゲルに到着する頃には、すでに夜になっていた。

領主様に挨拶し、早速山に行こうとすると、『聖女の加護』を見届けると言って領主様も付いて来た。

山には雪が積もり、徒歩でしか登れない。夜の山、しかも雪道は危険だから、慎重に歩みを進める。

「最近は魔物が現れるので山は立ち入り禁止にしていますが……護衛は大丈夫ですか？　聖堂騎士団に見張りを要請しているのですが、聖女様の護衛に付いてもらいましょうか？」

「あまり強い魔物が出なければ大丈夫です」

領主様とそう話していると、レスター様は厳しい顔を領主様に向けた。

「何かあればすぐヴォルフガングにと伝えましたのに……魔物が常時出るようになるまで連絡がないとは、近隣の街まで被害が出たらどうするおつもりでしたか」

「も、申し訳ありません！　聖女様に加護をいただいたばかりで……まさかあれからすぐにこんなことになるとは……」

冷や汗をかきながら、バツが悪そうに領主様は縮こまる。

レスター様に言われていたとしても、まさかこんなに早く『聖女の加護』が無くなるとは思わなかったのだろう。

領主様の言った通り、山の中腹に着くと数人の聖堂騎士たちが見張りをしていた。

レスター様は聖堂騎士たちの顔を確認するように見回すと、なぜかちょっとほっとしているようだ。

「ミュスカ、寒くはないか？　馬車がここまで入れればよかったんだが……無理はするな」

「はい、大丈夫です」

レスター様からいただいたフードにふわふわの毛の付いたポンチョは、かわいいだけでなくなかなか暖かい。裏地にも毛が付いているから防寒はバッチリだ。

転ばないようにと手をつながれ、ちょっと開けた所へと案内してもらう。すぐに祈りをしようと思ったが、聖堂騎士が魔物と交戦中だった。

それを見て、レスター様も腰に携《たずさ》えている剣に手をかける。

「レスター様、先に魔物を追い払いましょうか？」

「ミュスカには魔物は近付けさせないから心配するな。この状態でも山に『聖女の加護』を付与することは可能なのか？」

「魔物に邪魔をされなければ大丈夫ですが……もうこんなにたくさんの魔物が発生しているので、『聖女の加護』だけではダメなのです。広範囲に行う結界を山全体に張ります。だから、少し時間がかかりますが……レスター様は？」

「俺の心配は無用だ。これでも腕に自信はある」

剣をスラリと抜くと、銀色の刀身が月明かりに晒《さら》される。光を反射し、白く輝く様が雪山に映え、とても綺麗《きれい》だった。

レスター様が普段から護衛も付けずに出かけるのは、剣の心得があるからなのだろう。

それなら、私がでしゃばる必要はない。

「では、すぐに始めます」

私は自分の両手を組み、目を閉じた。

祈りを始めると光が私の足元から伸び、それは山を走るように広がり始めた。

その間もレスター様や聖堂騎士たちは魔物と戦っている。魔物の暴れる声や剣で切られた鈍い音が響くが、祈ることに集中すると、そんな周りの音は聞こえなくなっていった。

だんだん光がはるか遠くまで行きわたる。最終的には山全体をぐるりと包むように光の壁が現れた。


——しばらくして、『山の結界』は張り終わった。

これで、山に聖力が行きわたって雪崩《なだれ》などの災害は落ち着くはず。

清浄な山だと魔物も発生しにくいし、今いる魔物は弱体化する。結界の中は、『聖女の加護』の効果も表れるのだ。

フウッと息を吐くと、寒さで白む。でも、休む暇などない。この大量の魔物たちを追い払わなくてはいけない。すぐに叫んだ。

「レスター様！　こちらは終わりました！　魔物は、これ以上増えないはずです！」

結界を張れば、これ以上魔物は寄って来なくなる。そうすれば、現在出現している魔物の対処だけで問題ないはずだ。

これ以上の山奥まではあまり人も入らないし、それで十分だろう。

騎士たちのほうに目を向けると、暗い中での戦闘にみんな疲れが見える。夜目がきかず、松明《たいまつ》の灯りだけでは弱い魔物にも少々苦戦しているようだ。

「レスター様！　援護します！」

レスター様や聖堂騎士のみんなに怪我をさせる訳にはいかない。

光の球を空に打ち上げ弾くと、辺りが昼のように明るくなった。

「レスター様、今のうちに！」

これならみんなも周りが見やすいだろう。

先にしておけば良かったとちょっと思うけど、光の球は長持ちしない。

だから、これで良かったのだと自分を納得させていると、レスター様と目が合った。

私の無事を確認して安心したらしく、ぐっと顎を引いてレスター様が叫ぶ。

「……辺りを一掃《いっそう》するぞ！」

「「おおーーーー！」」

その掛け声に、聖堂騎士たちは今のうちだ！　と奮《ふる》い立つように魔物退治を続けた。

辺境伯様なのに、聖堂騎士の小隊の隊長みたいだ。しかもレスター様はかなり強くて、呼吸一つ乱さずにどんどん剣で魔物を切り捨てている。腕に自信があるというのは本当だったらしい。

清らかな結界のおかげで、魔物はだんだんと弱っていく。魔物は光に弱いから、光の球を魔物に向かって撃つことで私も遠くから参戦した。

光の球で照らされた魔物は怯《ひる》み、その隙にレスター様や聖堂騎士たちが切り捨てる。

新たな魔物が近寄らなくなったおかげで、それからはあっという間に魔物退治が終わり、重傷者もいなかった。

私も深呼吸をして、乱れた呼吸を整える。レスター様は剣に付いた血を払い、鞘《さや》に納めた。

「大丈夫か？」

「はい。でも、いくらシャーロット様の加護が切れていたとはいえ、どうしてこんなにたくさん魔物が寄ってきていたのでしょうか？」

「確かに不思議だな。……後で、ディーゲルの領主に調査を進言しておこう。聖堂騎士団も来ているから原因も調べるだろうし、心配はいらないと思うが……」

魔物がこんなに大量にいたことを疑問に思うけど、それは聖堂騎士団やこの街の領主様が調べることだ。他所者が、疑問に思っただけで口ははさめない。

レスター様も、それはわかっている。だからといって、近隣の街のことを見過ごせはしないから私を連れて来たのだと思う。

「では、帰ろう。あとは、聖堂騎士団の仕事だ」

「はい」

そのまま私とレスター様は、聖堂騎士団に挨拶を済ませて二人で山を下りた。

◇

彼に連れられて山間《やまあい》の街のカントリーハウスに着くと、これまた大きなお邸だった。本邸ほどではないが、それでも一体部屋数はいくつですか⁉　と突っ込みたくなるほど大きい。

「本邸より小さくて悪いな。普段はちょっと泊まるぐらいにしか使わないんだ」

本邸はお城と言っても過言ではありませんからね！

レスター様は小さいと言うが、カントリーハウスも十分すぎるほど立派だ。門をくぐると、雪が芸術のように美しく積もった前庭まで付いている。

玄関外にはすでに灯りが燈《とも》されており、アランさんもスペンサーさんも到着しているようだ。使用人も十人ほど連れて来たとのことで、玄関ホールではいつも通りの出迎えがあった。

邸の中も本当に普段使ってないの？　と疑問に思うくらい暖かくて、明るい。照明が暖色系のランプで統一されていて、癒《いや》される。

用意された部屋にはバルコニーも付いていた。相変わらず豪勢《ごうせい》過ぎる。

もっと小じんまりしたところを想像していた私は、初めてヴォルフガング辺境伯邸に来た時みたいに驚いてしまった。


夜、やはりアンナが寝支度をしに来た。

「お嬢様、今夜は三つ編みにしましょう！　ゆるふわの三つ編みなんか可愛いですよ！」

「そ、そうですか……」

寝るだけなのに？　と私は思うが、いつも通りノリノリで髪を結わえるアンナは本当に楽しそうだった。

　――コンコン。

「部屋に入って大丈夫か？」

「はい、どうぞ」

　ノックの音がして、やって来たのはレスター様だ。

　彼が来ると、アンナはフフフと笑顔で「失礼しました」と言って出ていく。

「ミュスカ、料理長がミュスカにとチョコレートを作ってくれたらしい。少し食べないか？」

　丸いチョコレートがコロコロとお皿に並べられており、なんだか可愛い。

「美味しそうです。いただいても良いのですか？」

「食べなさい。トリュフというチョコレートだ」

　今日は少し疲れたから、甘い物は本当に嬉しい。

　チョコレートに喜んでいる私を、微笑んでレスター様は見つめている。

「ミュスカ……結婚はまだ無理か？」

　いきなり何を言い出すのかと思えば……。婚約者になったのもつい最近のことで、すぐに結婚するには心の準備が整ってない。まだ、夢なんじゃないかと疑ってしまうからだ。

「も、もう少し待って下さい……」

「もう少しか……」

　断ったのになぜか、レスター様は嬉しそうに目尻を下げた。

それが不思議で聞き返す。

「あの……？」

「前は〝おそれ多い〟だったのに、〝もう少し〟になったな……これは期待しても良いのだろうか？」

そうにこにこと言われると、レスター様のことが好きだという気持ちを見透かされたみたいで恥ずかしくなる。

「ひ、秘密です」

「そうか……秘密か」

恥ずかしさを隠すように、サイドテーブルに用意されていたお茶を淹《い》れてレスター様に差し出す。

彼は私の返答が喜ばしかったようで、明らかなごまかしも気にせず、嬉しそうにお茶を飲んでいた。

お茶を飲み終えてカップを置くと、にこやかな顔が真剣な眼差しに変わる。

「……ミュスカ。コンスタンの教会に帰りたいと思うか？」

その質問にドキリとした。スノーブルグに来てから、色んなことに気付いてしまったからだ。嘆《なげ》いている訳ではない。後悔している訳でもないけど……

「……今は、帰りたいとは思えません。……上手く言えませんが、こんな雪の日は、あそこに一人でいるのは本当に寒くて辛かったんだと思います。でも今は、レスター様の側では、あの冷たさは感じないんです」

コンスタンでは、本当に寒くて凍えながら眠っていた。増やせる布団もなく、たった一人で頼れる人もなく、孤独な自分を抱え込むように身を丸めて眠っていたのだ。

でも、今はレスター様もお邸のみんなも優しくしてくれる。あの孤独がないだけで寒さが全然違うと思ってしまう。

そう答えると、レスター様が懐《ふところ》からリボンで包装された小さな箱を取り出した。

「ミュスカ、これを……」

また贈り物だ。私は、もうレスター様がいるだけで十分だと思っているのに。

いまだに金貨一枚のお礼は終わっていないのだろうか。

「……金貨のお礼はもういりません」

「礼はまだしたいが、これはそうではない。ただ俺がミュスカに贈りたい物だ」

やっぱりお礼はまだ尽きてないらしい。

「でも、私は何も返せませんし……」

「これは結婚相手に贈るものだ」

受け取るのを躊躇《ちゅうちょ》している私の代わりに、レスター様がリボンをほどいて小箱を開ける。

中からは、蒼白い宝石の指輪が出てきた。

とても不思議な色。綺麗《きれい》……

思わず、目を奪われてしまう。感嘆のため息が出るほどだった。

「……不思議な色ですね」

「スノーブルグの洞窟《どうくつ》で採れる希少な宝石だ。ヴォルフガングでは、結婚相手にだけ贈る」

「ということは……？」

「これを、ミュスカに贈りたい」

確かに私はレスター様の婚約者だけど、そんな貴重な物を本当に私が貰っていいのでしょうか？

そう思うけど、レスター様には引き下がるという選択肢などないようだ。優しい瞳でじっとこちらを見つめている。でも私は、レスター様に何もしてあげられていないのに。

それでは、彼に申し訳が立たない。

「私にも何かできることはありませんか？　なんでもします」

「いてくれるだけで十分なんだが……そうだな……」

レスター様を困らせてしまっているのはわかっている。でも、彼の好意を一方的に受け取って、私が何も返せないのは彼に失礼だ。

返答に悩むレスター様が、ポケットから何かを出して手のひらに載せる。それを私に見せた。

「俺のお守りだ」

「これ……金貨ですよね？」

手のひらにあるのは、何の変哲もない金貨一枚。ジッと見てみても、新しくもない普通の金貨だ。

「実はミュスカをコンスタンの教会に迎えに行く前に、ミュスカが貸してくれた金貨を取り返しに行っていたんだ。それから、ずっと持っていた」

一瞬頭が真っ白になって思考が止まる。彼の発言に理解が追いつかない。

「……？　使いましたよね？」

「辻馬車に乗る時に使ったが……実は辻馬車の御者に後で返してくれと頼みこみ、使わないようにして貰っていた。五倍にして返すと言えば、御者は使わずに保管してくれていたんだ」

大事そうに金貨を握り込むレスター様の発言に目を大きく見開く。

金貨を五倍にして交換するって何ですか⁉

金貨から金貨に交換するなんて話、聞いたことありません！

その金貨だって、ほんの少しの時間しか私の手になかった金貨ですよ？

私にとっては訳のわからない行為だが、レスター様は変だとも思ってない。

「何かしたいと言ってくれるなら、これにミュスカの加護は付けられるか？」

「……加護用の石が付いてないので、長持ちはしませんが……それで良ければ」

人に『聖女の加護』を付けても一生持たないように、金貨も長持ちはしないだろうけど。

それでも、私にできることなら何でもしたい。

「では、加護を付けますね」

レスター様の手のひらの金貨に手を乗せると、彼のもう片方の手が私の手をさらに上から包んだ。

筋張った男らしい手に緊張して肩が揺れ、それに彼はまた笑みをこぼす。

手をつなぐのが好きな方みたいだし、気にするな！　と自分に言い聞かせて、金貨に『聖女の加護』を付与した。

「ありがとう。これでミュスカも指輪を受け取ってくれるな？」

「はい……ありがとうございます」

顔が熱い。頬を赤くする私に、レスター様は左の薬指に指輪をはめてくれた。

生まれて初めての指輪は綺麗《きれい》で、彼からいただいたと思うとさらなる感動で胸がいっぱいになる。

レスター様の顔を見ると、自然と涙がほろりと目尻から流れ落ちた。

それを、彼がそっと添えるような優しい手つきで拭《ぬぐ》ってくれる。

「ウェディングドレスも、すでに作り始めている。きっとミュスカに似合う」

「はい……」

喜びと嬉しさで感無量の私は、そう返事することが精一杯だった。

◇

山間《やまあい》の街ディーゲルから帰宅して数日経ったある日。

私は、朝食後にウッドデッキに置いてある雪の花の水替えをしていた。寒いところに咲く花だから、室外のほうが長持ちすると言うのでここに置いているのだ。

その時にふと気付いた。切ったはずの根元から根っこが生え始めている。

庭に植えれば、もしかしたらずっと持つかもしれない。

もっと根っこが育ちますように……と祈るように水替えをすると、レスター様がそろそろ教会へ行こうかと誘いに来ていた。

「はい。すぐに行きますね」

待たせてしまってはいけないと、慌ててウッドデッキの戸締りのために窓に手をかける。その手にレスター様が手を重ねて来た。

「指輪は？　今日も首に？」

窓とレスター様に挟まれるとドキドキする。動悸を抑えながら、身体を縮こめて絞り出すように言った。

「今から、教会で仕事ですから……」

レスター様から贈られたあの透き通るような蒼白い宝石の指輪は、仕事中はネックレスにして首にかけている。

教会では掃除もするし、汚してしまうかもと思うと指にはめたまま過ごす勇気は私にはなかった。だから、指輪にチェーンを通して首から肌身離さずにぶら下げているのだ。

「では、行こうか」

重ねられた手を絡めるように握られて、小さな家を後にした。

そのまま、玄関前まで二人で歩いていく。積もった雪の上を歩いていると、きゅっきゅっと踏みしめる音が微かに聞こえる。

「私一人でも教会に行けますよ？」

「気にすることはない」

「今朝は、たくさんの手紙が届いていましたし……」

レスター様は忙しい。今日も、朝から手紙のチェックをしていた。毎日書類を片付け、領地を回って領民の声を聞く。本当に忙しい日々だと思う。

「あれは伯父上と従兄弟《いとこ》からだ。近いうちにスノーブルグを訪問すると書いてあった。ミュスカとの婚約を伝えたから、一度君に会いたいらしい。あとは……コンスタンの教会の報告書だ」

「コンスタンの教会？」

「最近は、さらに悪い噂がひどい。アミュレットを返品したり、癒《いや》しが効かないと苦情が止まらないらしい。近いうちに大聖堂の監査官を要請することになるかもしれない」

「一体何があったのでしょうか……？」

「おそらく……」と言いかけたところで、私と視線が合うとレスター様は言葉を止めた。

「……ミュスカが気にすることはない。余計なことを言った。すまない」

気にするなと言いたげに、頭を撫でられる。

大聖堂の監査官が来るなんて、よほどのことじゃないかと思ったけど、レスター様の行動にその懸念《けねん》は一瞬で消えてしまった。触れられたところが熱い気がする。

馬車の前に着くと、使用人のみんなが見送りに出てきていた。彼らの前で、レスター様が頬にキスをしてくる。

そのまま、レスター様の手が私の顎を上げるようにとらえた……が、さすがに唇はまだだった。

引き締まった男らしい顔が、私の真っ赤な顔を見つめている。

頬や額のキスでさえ一瞬で顔を赤くして挙動不審になるのに、唇にキスなんてできない。

いきなりのことに、顔から火が出そうだ。みんな見ているのに、恥ずかしい。

アランさんは、何事もなかったかのような穏やかな顔で見ている。スペンサーさんは、「あらあら」と口元を隠して微笑んでいる。

こんなにまじまじと見られながら頬とはいえキスをされ、しかも今にも唇に触れられそう。あまりの状況に恥ずかしさは頂点に達し、私の頭に浮かんだのは脱兎《だっと》のごとく逃げるの一択だった。

ファーストキスが人前だなんて、私には越えられない高難易度の壁そのもの。

朝から積極的すぎる。まだ、こんな近すぎる距離感に慣れていない私の声は上ずる。

「きょっ、今日はここで大丈夫ですっ！」

そう叫んで一人で馬車に飛び込んだ。

「ミュスカ!?」

レスター様が私の名前を呼ぶけど、絶対に振り向けない。

以前レスター様が大事にしまった私の傘を疾風《しっぷう》のように素早く取り出す。彼に教えてもらった出発の合図を出すために、天井をガンガンガンッと狂ったように叩いた。そこに冷静さは微塵《みじん》もない。

その音と振動に御者は苦笑いで出発し、教会へと向かった。

◇

スノーブルグの教会にたどり着くと、雪がしんしんと降っていた。

ひんやりとした空気の中で、未だに火照《ほて》る顔を冷ますように一人で教会の庭を掃く。

ジェスター神父様は珍しく風邪でお休みだ。ハリーさんとレイフさんは雑貨屋にアミュレットを卸《おろ》しに行き、その帰りに買い物をして帰って来ることになっている。

独り身のジェスター神父様のために温かいスープを作ろうと、材料を買いに行ってくれたのだ。

外のゴミもまとめておこう、とゴミ箱の蓋を開けるとアミュレットが捨ててあった。通行人が捨てたのだろうと、何気なく手に取って気付いた。

「……これ、スノーブルグの教会のアミュレットじゃないわ」

スノーブルグのアミュレットの石は水色だ。

でも、捨ててあったのは黄色で、コンスタンの教会と同じに見えた。間違いない。

レスター様が、コンスタンの教会のアミュレットの返品の話をしていたことを思い出す。

コンスタンの教会に、何があったのだろうか。

レスター様は事情を知っているようだったけど……

以前ハリーさんたちも、コンスタンのアミュレットを持っていると不運に見舞われると噂になっていると言っていた。

そのせいか、コンスタンでの購入者が減り、スノーブルグでのアミュレットの売り上げは上々だ。

「効き目がなくなったアミュレットでも、浄化したらまた加護を付け直せるのに。きっと誰かが知らずに捨てたのね」

もったいないけどそういう方はかなりの数いる。

効果が切れた古いアミュレットを持っていても、再利用せずに新しいアミュレットを買い求める方が多い。

加護は聖女が付けるにしても、アミュレットを作る職人さんにすれば再利用よりも新しいものが売れた方が儲かるのも事実だ。

そんなことを考えていると、後ろから雪を踏みしめる足音がして、声をかけられた。

「……聖女ミュスカだな」

振り向くよりも先に口を布で押さえられた。

「んんんっ……!?」

誰!?

知らない男に、後ろから羽交《はが》い締《じ》めにするように押さえつけられる。ゴツゴツした腕の力は強く、叩いてもびくともしない。

思わず、手を前に突き出して光の球を空に向けて打ち上げた。

「ウワッ……！」

男は驚き、目が眩《くら》んだのか腕の力が緩んだ。その隙に逃げようと、バランスを崩したままの身体で走り出そうとする。

教会ではジェスター神父様が寝込んでいる。彼を襲わせる訳にはいかない。

しかし、グラリと視界が歪んでその場に膝を突いてしまった。走れない。

きっと口を塞がれた布に薬が仕込まれていたんだろう。

「レスター様……」

彼の名を口にしても届かない。

そのまま、私は真っ白で冷たい雪の上に倒れて意識がなくなった。

◆

ミュスカに朝から逃げられてしまった。

キスはまだ早かったか、と落ち込み気味に今日も書斎で仕事をする。

目の前の机には今朝届いた手紙が置いてあり、内容を見る前からウンザリしてしまう。

いつものバクスター伯爵家からの縁談の申し込みだ。

何度断っても申し込んでくるバクスター伯爵に「もう手紙は出さないでいただきたい」とハッキリ返事をしたこともあったが、効果はない。もう返事を出すことすらしなくなっていた。

しかも、縁談相手はあの聖女シャーロットだ。絶対にお断りだ。

「馬鹿馬鹿しい」

ゴミ箱に手紙を放り投げたその時、窓の外が一瞬だけ強く光った。

「なんだ、今のは……？」

不審に思い立ち上がる。玄関の外に行くと使用人たちも外に出てきていて、なんだなんだと騒いでいる。

「今日は何もイベントはなかったはずだが……」

花火とか、そんな光ではなかった。でも、あの光には見覚えがある。

嫌な予感がした。あの光は山間《やまあい》の街で見たミュスカの光の術のように見えたのだ。

背筋にゾクッと寒気が走り、血の気が引いた。

――ミュスカ！

「馬を出せ！　急ぐんだ！　ケント、ついて来い！」

急ぎ馬に飛び乗り、従者のケントを連れてミュスカのいる教会まで走る。頭はミュスカのことでいっぱいだった。

どうか、無事でいてくれ。

教会に着くと、馬から飛び降りた。中からレイフの慌てる声が聞こえる。

その声に嫌な予感がして、教会の中に乱暴に飛び込んだ。

「ミュスカ！　ミュスカはどこだ！」

力いっぱい彼女を求めて叫んだが、中にいたのは気分が悪そうに椅子に座り込んだジェスター神父とレイフだけだった。ミュスカの姿はどこにもない。

「レスター様！　大変です！　ミュスカ様がっ……拐《かどわ》かされて！」

レイフが青ざめて言う。

ジェスター神父は体調が悪いようでふらついている。寝込んでいたが、光を見て不思議に思って教会から出ようとした時に、ミュスカを抱えた男二人が馬車に乗り込むのを見たと話した。

やはり、さっきの光はミュスカだ。きっと助けを求めようと、光を放ったのだ。

「教会付近で犬の散歩をしていた方が、もの凄い勢いで馬車が走り去ったと教えてくれました。ハリーが今追いかけていますが……」

教会が強盗にでもあったと思ったハリーは馬車を追いかけ、レイフは教会にと二手に分かれたらしい。ハリーが追いかけたのは、強盗と対峙するのに元聖堂騎士のハリーのほうが適任だと考えてのことだろう。

「ハリーはどっちに向かったんだ⁉　すぐに追いかけるぞ！　ケントは、緊急用の狼煙《のろし》を上げろ！　ヴォルフガングの警備をすべてミュスカの捜索に当てるんだ！」

「はい‼」

教会の外に飛び出し、辺りを見回す。争った跡などどこにもない。

ケントはすぐさま持っていた狼煙《のろし》を上げ始め、その間に俺は馬に飛び乗った。

「レイフ、ケントと一緒について来い！　ハリーが向かった方向を教えろ！」

体調の悪いジェスター神父には申し訳ないが、今はそれどころではなかった。

すぐに邸の警備が来るから安静にしていてほしいと伝える。ケントの馬に二人乗りさせたレイフの案内で、そのままハリーを追いかけた。

「レスター様。街外れです！　コンスタンへの街道がある街外れに向かいました‼」

レイフの案内に従い、街外れに向かって馬を駆けた。

街外れに着くと、ハリーが息を荒くして足を押さえているのに合流した。しかし、不審な馬車の姿はすでにない。

別の街に逃げる気か。この方向はコンスタンへの街道に続く方向だ。コンスタンの教会の手の者かもしれない。コンスタンの教会の者が今さらミュスカを返せと言えず、強硬《きょうこう》手段に出たのではないか。

そんな嫌な考えが浮かぶ。

「レスター様、馬車は街の外に向かったようです！　すみません、追い付けず……！」

ハリーは足が悪い。聖堂騎士の頃のように追いかけられなかったことを悔やみ、不甲斐ない自分に憤《いきどお》っている。彼も、ミュスカが心配なのだ。

「方向は間違いないな？」

「轍《わだち》もありますし、街人が見ています」

雪が積もっているから、街道を離れては馬車が通れない。馬車なら必ずこの道を通るだろう。

今も、雪は降り続いている。それどころか、少しずつ増している。

「レイフ、教会にハリーと帰れ。ヴォルフガングの警備にこの事を伝えるんだ」

「レスター様は？」

「このまま、馬車を追いかける……コンスタンの街まで行こうが、どこまででも追いかけてやる！」

ミュスカをこのまま渡す気はない。どんな手を使ってでも探す。

「ハリー、お前は聖堂騎士団にいたな。ヴォルフガングの馬を借りて山間《やまあい》の街の聖堂騎士団に行ってくれ。ディビッド・サムズという騎士を一応調べてくれないか？」

「はい、すぐに向かいます！」

一分一秒でも惜しく、穏やかな気持ちでないまま馬上からハリーにそう頼んだ。

手綱《たづな》を引いてコンスタンの方角を向く。

「ケント。このままコンスタンに向かうぞ。馬は途中で乗り換える！」

「はい！」

「行くぞ‼」

レイフをケントの馬から降ろして、二頭の馬で街を飛び出すように馬車の轍《わだち》を追いかける。ひたすらミュスカの無事を祈り、雪の降る中を駆け続けた。

途中、ディーゲルのカントリーハウスで馬を乗り換え、休みなくコンスタンの教会に向かった。

それでも、着いた頃はすでに夜。教会は施錠《せじょう》がすでに済み、扉は閉まっていた。

「開けろ！　今すぐ開けるんだ！」

朝まで待つつもりはない。教会の扉が壊れそうなほど叩き叫ぶと、教会の者たちは何事だとおそるおそる出てきた。

「ヴォルフガング様、こんな夜更けにどうされました？」

一体何事だと、のんきに神父が対応してくる。その白々しい態度に苛立《いらだ》ちが抑えられなかった。

「神父！　ミュスカはどこだ！」

「ミュスカ？　ミュスカはヴォルフガング様の所にいるのでは？」

「ふざけるな！　ミュスカを返せ！」

「……っひぃ⁉」

慌てる様子もない神父の胸ぐらを掴《つか》むと、彼は怯えて青ざめる。周りの者が「お止め下さい！」と間に入って止めてきた。

胸ぐらを放すと、神父は咳込み、話せる様子ではない。

「どうされたんですか？　ミュスカがどうしましたか？」

教会の他の者がおそるおそる尋《たず》ねてくる。ほんの数秒、神父を無言で睨《にら》む。

「……ミュスカがいなくなった。貴様が誘拐したのではないのか⁉」

「な、何と無礼な！　いくら辺境伯様でも、無礼が過ぎますぞ！」

咳が治《おさ》まったらしく、疑いをかけられた神父は憤慨《ふんがい》した。

「……なら、教会を検《あらた》めてさせてもらおう。ケントは教会の馬車を確認して来い！」

「はい！」

来る途中で怪しい馬車の轍《わだち》は追えなくなっていた。

雪にかき消されたか、どこかで乗り換えたのだろうが、手掛かりが全くない。

教会の者たちは小声でざわざわと騒いでいる。本当にミュスカを知らないのか、疑わしい。

しかし、強引に教会の部屋をすべて確認しても、どこにもミュスカはいない。

ミュスカがこの教会で住んでいたあの物置小屋にもいない。

誰も使っていないのか、ミュスカが使っていたベッドもそのままだった。

「……ヴォルフガング様、もうよろしいでしょう？」

夜更けに起こされて迷惑だというように欠伸《あくび》をした神父。その様子に視線が鋭くなる。

「神父、ミュスカが心配ではないのか？」

その言葉に神父はカッとなった。

「……っ！　勿論心配ですよ！　だから協力致していますでしょう！　本来、ヴォルフガング様にこの教会を調べる権限などないのですぞ！」

本当にミュスカを心配しているのか怪しいが、ミュスカがここにいないのも事実だった。

ケントは、馬車と教会の周りを調べ終えたが何もなかったと報告に来る。

「レスター様、馬車に怪しい所はありません。教会の周りにも不審な点はありませんし……。この物置小屋は？」

粗末なベッドが置いてある物置小屋を見て怪訝《けげん》な顔をした。一体物置小屋に何があるのだろうと思っているのだ。

「……ミュスカがいた部屋だ」

「……っ！」

ケントは、こんな部屋に……と眉をひそめている。健気《けなげ》なミュスカを、彼はいつも「いい方ですね」と褒めていた。彼女が不憫《ふびん》だと思ったのだろう。

「……ケント、行くぞ」

「よろしいので……？」

物置小屋をそっと閉め、教会を後にする。そして、神父の方を振り向いた。

「神父、もし教会にミュスカ誘拐犯が懺悔《ざんげ》にでも来れば伝えろ。どんな手を使ってでも探し出す。決して許しはしない……と」

そう言うと、神父の肩が一瞬だけ揺れた。

「教会とは関係ありませんが……もし来ればお伝え致します」

冷や汗を僅《わず》かながらに流し、青ざめた神父を見て教会を出た。

「……ケント、すぐに伯父上に手紙を書く。お前はコンスタンの教会を見張っていろ。俺がいなくなれば動くかも知れん。何かあればすぐに知らせてくれ。ヴォルフガングの警備の者もすぐに追い付いて来るだろう。後は頼むぞ」

「レスター様はどちらに？」

「ディーゲルに行く。ディビッド・サムズも気になる。ミュスカに花を贈り続けていたのはあいつに違いない」

コンスタンの教会を徹底的に調べてもらうには、伯父上の力を借りるしかない。

王都までは何日もかかるが、伯父上の力がなければこれ以上は教会を調べられない。コンスタンの教会は、ヴォルフガングの領地ではないのだ。

火急の連絡だと王都への使いを頼み、休む間もなく次は山間《やまあい》の街へと馬を走らせた。

◇

レスターがコンスタンの街に向かっている頃。

ガタガタッガタガタッ——！

頭がぐわんぐわんする……。身体も凄く揺れている気がする。

「急げ！　引き渡し場所までもうすぐだ！」

がさつそうな男の大声が、耳に響いた。嫌な感じだった。身体に力が入らない。

カシャン——

何かが落ちた音が近くで聞こえ、目をゆっくりと開ける。

気分が悪い。吐きそうだ。頭を押さえながら身体をなんとか起こす。

顔を上げると、厳《いか》つい知らない男がいた。その顔を見て、ビクッと身体が強張った。

「もう目が覚めたのか？　薬を吸いきらなかったせいか？」

「うっ……吐きそう……」

誰ですか、この人は？

私は何でこんなところに？

口元を覆い、吐き気を抑えようと頑張る。

「こんなところで吐くなよ！　……おい、少し馬車を停めろ！」

馬車を停められ、吐かないように口を手で押さえながら外に出されると、目の前の樹に手をついて冷たい雪の上に座り込んでしまった。男は、後ろで見張るように立っている。

何でこんなところに？

記憶をさかのぼり、そうだ、私は誘拐されたんだと思い出す。

聖女の誘拐事件はない訳ではない。でも、成功率は低い。聖女誘拐ではすぐに聖堂騎士団が動くため、失敗することが大半のはずだった。

周りには街も家も見えない。あるのは雪と樹々だけ。

よくこんなところまで馬車で入って来たなと感心するほど、馬車が通れるような整備された道ではない。ほぼ獣道、もしくはもはや道なき道だ。

どうやら見張りと御者役の二人いるようだけど、この人たちはどうやって馬車で帰る気かしら？

いや、そんなことよりも逃げることを考えなくては。

早く帰らないとレスター様がきっと心配するはず。私もレスター様のところに帰りたい。

樹に突いていた手で雪を握りしめて、彼を思って祈った。

「おい、もういいだろう！　行くぞ！」

気分が悪くてまだ集中できない。それでも、逃げなきゃ。

そう決意して雪を鷲掴《わしづか》みにすると、祈りを込めて男二人に投げた。

「ウワッ……！」

投げた雪が聖力に反応して光る。突然の眩《まぶ》い光に男たちが怯《ひる》んだ。目眩《めくら》ましししている隙に走り始めると、男二人も目を押さえながら追いかけて来た。

「待てーー!!　逃がすな！」

待つわけがない！

しかし、気分が悪くてそんなに走れないどころか、雪で足を取られて今にも転びそうだった。

「……キャッ!?」

案の定転んでしまう。柔らかい雪の上だから痛くはない。怪我もないけど、もう捕まるのは嫌だった。人に向けたことはなかったが、思わず光の術を使ってしまった。

「こっちに来ないで！」

そう叫びながら術を放つと、男二人の周りに無数の光が雪のように舞う。それらが集まって一つの大きな光球を形作ると、次の瞬間、弾かれたように破裂した。

「ギャッ!?」

男二人は目を焼かれ、変な悲鳴を出す。突然の光の炸裂《さくれつ》に抗うこともできず、そのまま倒れてしまった。どうやら失神したようだ。

ハァ、ハァ……と白む息を吐きながら、失神した男たちを見た。

ここにこのまま倒れていたら、凍死してしまうかもしれない。でも、とてもじゃないが誘拐犯を起こすことはできない。

申し訳ないがその倒れた二人を置きざりにし、ふらつく足で馬車の側に寄った。馬も、先ほどの光に驚いたようで暴れている。

馬車の運転なんかできない。馬にも乗れない。そんな私が馬を落ち着かせて、馬に乗って逃げるなど到底無理だった。

打つ手なしかと思われたが、視線を馬車の背後に移すと、雪の上に轍《わだち》が残っている。

きっとこれを辿れば、街に戻れる。そう信じて、私は一人フラフラと歩き始めた。

寒くて、怖くて、孤独だった。首からぶら下げた蒼白い宝石の指輪に縋《すが》るように、気がつけば握り締めている。

レスター様のところに……あの温かい、みんながいるヴォルフガング辺境伯邸に帰りたい。

そう願い、歩いていた。

私の歩いたところの雪が小さく光を灯していっていることに気付かず、ひたすらに歩き続けていたのだ。

◆

山間《やまあい》の街ディーゲルにある聖堂騎士団にディビッドはいつも通り出勤しており、ハリーが聖堂騎士団に行った時に初めてミュスカ誘拐を知ったようだった。

俺がディーゲルに到着する頃には、すでにハリーがミュスカの捜索を要請しており、ディーゲルとスノーブルグの間の捜索は始められていた。

コンスタンの教会から休まずにミュスカを捜しながら折り返してきたが、不審な馬車も何も見つかっていない。

既に夜は明けようと太陽が白く昇り始めていた。

「ハリー、ディビッドはどうだ？」

「ミュスカ様の誘拐とは関係無さそうです。今日はいつも通り出勤していました。今も捜索に当たっています。一応、以前の同僚にディビッドから目を離さないように伝えましたが……」

コンスタンの教会にもいない。ディビッドもミュスカを捜索中。

一体ミュスカはどこにいるんだ。スノーブルグの街を出たのは間違いない。

そこからの足取りがわからない。

スノーブルグからコンスタンの街の間の山や森にまで捜索は広げているのに、いまだに足取りがつかめない。こんなことがあるのだろうか。

「ハリーは、ここでミュスカの捜索を頼む」

「レスター様は？」

「スノーブルグからここまでの街道をまた捜す」

「聖堂騎士団も捜していますが……何かあればすぐにレスター様にお伝えするように頼みます」

「そうして欲しい」

ハリーをディーゲルに置いて、また馬を走らせた。

一晩中走っているせいで馬も疲れているのはわかるが、止まることはできなかった。

ミュスカの異変を感じてからすぐに捜索を始めたのに、なぜこんなにも難航するのか。

焦りを募《つの》らせる中で、聖堂騎士の一人が馬を走らせながら近付いてきた。

「ヴォルフガング辺境伯様！　手掛かりが見つかったかもしれません！　今、捜索隊を向かわせています！」

「本当か!?　どこだ！」

手綱《たづな》を引き、馬を止めた。

コンスタンの街に向かう街道の途中でやっと手掛かりらしきものが見つかった。

ディーゲルの森に住む木こりが朝早くに森に入ったら馬車が乗り捨ててあった、との情報が入ってきたのだ。

周囲に馬も人もおらず不気味だと、捜索中の聖堂騎士団に相談したらしい。

「雪が小さくぽつりぽつりと光っていて、なおさら不思議だったそうです」

木こりに聞いた話を報告にきた聖堂騎士すら不思議だと思ったようで、自信なさげに話している。

しかし、俺には一つの光明にさえ思えた。

「ミュスカだ……」

ポツリと呟いた。

彼女が術を使うと、不思議なことに雪が反応して煌《きら》めいていた。あんな聖女は見たことも聞いたこともなかった。

大聖女が雨を降らせ、雷を落とす……彼女だけが使える『天候の術』と似ている気さえした。

気持ちが逸《はや》る。

「それは、どこだ⁉　すぐに連れて行ってくれ！」

「こ、こちらです！」

聖堂騎士の案内でその場所にたどり着くと、乗り捨ててあった馬車があった。

確かに馬も人もいない。何もない森にこんなものがあれば不審そのものだ。

辺りを見回しながら必死で叫んだ。

「ミュスカ！　いないのか‼　ミュスカ‼」

すでに、この馬車を中心に聖堂騎士団もヴォルフガングの警備もミュスカの捜索範囲を広げていた。その中にはディビッドも加わっていた。

辺りには人の気配がない。一晩中、雪が降り続いているから馬車の轍《わだち》も人の足跡さえも残ってない。森の静寂の中に捜索の慌ただしさだけがこだまする。

「雪の光はどれだ？」

「それが……確認できていないのです」

不思議な雪の光が手掛かりになればと思ったが、既に光は失われていた。

「お前たちは、確認したか？」

ヴォルフガングの警備に聞くと首を振る。彼らが来た時にはもう光はなかったらしい。

一体ミュスカはどこに……

雪の光がミュスカに導いてくれないかと期待したが、その希望もなくなった。

――ミュスカが何よりも大事なんだ。俺にミュスカを返してくれ。

彼女を想い、懐《ふところ》に入れたミュスカの金貨を握りしめる。

すると、不思議なことに雪がぽつりぽつりと明かりを灯すように小さく光り始めた。

「これは……!?」

「何と不思議な……」

捜索中の者たちが一斉に足を止め、雪の光に釘付けになった。

「ミュスカだ……きっとミュスカの光だ！」

その小さな雪の光は、ミュスカが起こした奇跡のように見えた。

その直感に従い、迷わず雪の光の先を追って走り始めた。

◇

凄く寒いし、気分は最悪だ。集中できないのに、光の術を使ったせいもある。

まだ眠気もあるから、薬が抜けきっていないのかもしれない。身体が怠《だる》い。お腹も空いた。

偶然にも、今は使っていないであろう小さく粗末な小屋を見つけて、今はその中で膝を抱えて震えていた。きっと昔は薪《まき》でも保管していたんだろう。

……頭がボーっとする。

屋根も壁も壊れて穴が空いているけど、雪の上で寝るよりは絶対にマシだ。

壊れた穴から空を見上げると、もう夜なのか、外は暗い。

入り込んでくる空気が冷たくてポンチョのフードをさらに深く被った。

教会の外で拐《さら》われたのが不幸中の幸いで、暖かいポンチョを着たままだった。これのおかげで、なんとか凍死まではしないはずだと思う。とにかく寝ないと、身体が保たない。

寒さと気分の悪さで、倦怠感《けんたいかん》が身体を襲ってくる。

なんでか、今日は凄く運が悪い。それでも何とか逃げきれたのだから、必ず帰ってみせる。

その想いとは裏腹に、力なく身体が斜めに倒れ込みそうになる。小屋の壁にもたれかかり、なんとか姿勢を保った。

動いた拍子に、首からぶら下げていた指輪が微かにシャリッと音を立てたように聞こえた。それをかじかむ手で握り、彼を想う。

早くレスター様のところに帰りたい。

私にもっと聖女としての力があれば、こんなところでへばることはなかったのかもしれない。大聖女様や筆頭聖女様たちみたいに能力が高ければ……

私は、彼女たちの下にたくさん、どこにでもいる聖女の一人。

そんな一介の聖女のくせにレスター様との婚約に浮かれたから、罰が当たったのだろうか。

そんなはずはないと本当はどこかでわかっているのに、こんな最悪の状況にどんどん思考が沈んでいく。

彼に会いたい。体力を少しでも回復させてなんとか帰らなければ。でも……

「……誘拐されるような、力のない聖女の私でも、レスター様は結婚しようと言って下さるかしら……」

両膝を抱え、涙を流す。濡れた顔を膝に埋めて目を閉じてしまった私は、気がつけば眠りに落ちていた。


――鳥の囀《さえず》りさえ聞こえない静寂の中、男たちの声で目が覚めた。

穴の空いた天井からは白い朝の光が差し込んでおり、一晩経ったことがわかる。

朝になっても小屋は寒いままで、両腕で自分を抱き締めるようにして壁に空いている穴を覗いた。

外では誘拐犯二人が言い争いながら、私を捜しているようだ。

「捜索が始まっているんだ！　逃げよう！」

「逃げたって金は貰えない！　朝まで待ったんだ！　早く捜すぞ！」

誘拐犯とはいえ、元気な姿が確認できてほっとする。私のせいで凍死していたらどうしようかと思った。

捜索が始まっていると言っていたし、きっと私を捜してくれているんだと思う。

「捜しているのはレスター様かしら……？」

レスター様であることを期待したいが、聖女を捜すのは基本的には聖堂騎士団だ。それに胸がチクンとした。

そのまま、誘拐犯二人がいなくなるのを、音を立てないように小屋の中で丸まり待っていた。

彼らに見つかったら、もう逃げられない。まだ術が使えるほど体が回復していないのだ。

息を押し殺して潜んでいると、誘拐犯の叫ぶ声が聞こえた。

「うわっーーー⁉」

「逃げろっ‼　聖堂騎士団だ！」

捜索の騎士団とかち合ったらしい。

助けは嬉しいけど、レスター様じゃなかった……そう思った瞬間に、私が一番聞きたかった声が聞こえた。

「ミュスカはどこだ‼」

間違いない。レスター様の声だ。

ジワリと温かい感覚が身体に広がり、体を動かす気力が湧いてきた。

寒さに震えながらも、かじかむ手で今にも壊れそうな小屋の扉を開ける。

外に出ると、レスター様が剣を振り下ろした後で、誘拐犯二人の血が雪に降りかかっていた。

レスター様の姿を見ると、自然と何かが込み上げてきて涙が溢《あふ》れ出す。

「レ、レスター様ー！」

彼の名を叫んで小屋から飛び出すと、聖堂騎士団が斬られた誘拐犯を捕縛している。

レスター様はそれを冷酷《れいこく》な瞳で見下ろしながら剣を収めていたが、すぐに私に気付いた。

「ミュスカ⁉」

雪の上を今にも転びそうなほど走ったが、私よりもレスター様の方が速かった。

あっという間に距離を詰め、抱き締めてくる。私もレスター様にしがみつくように抱き付くと、さらに力を入れられて腰が弓なりになる。彼はそのまま、私の顔を確認するように見つめてきた。

「ミュスカっ……!!　やっと見つけた……!!」

「レスター様……来て下さるなんて……!」

「当然だ!　ずっと捜していたんだ。こんなに冷たくなって……」

彼の瞳は心配で溢《あふ》れ、どこか苦しそうな様子だった。

冷たい頬を伝う涙を拭《ぬぐ》い、慈《いつく》しむように優しく撫でてくれる手に癒《いや》される。会いたいと願い続けた彼の姿に、涙が次から次へと流れ出てくるのが止まらない。

死ぬつもりはなかった。でも、この雪の中で凍えて死ぬかもしれないと思った。

そう覚悟していたのに、まさか一番にレスター様に会えるとは思わなかった。

こんなにも、私を捜してくれる人は他にいない。

この真っすぐで誠実な彼が好きなのだ。

見上げた視線が交わった次の瞬間、彼のキスを自然と受け入れていた。

――いつまでもこうしていたい。

でも、その時すでに私の体力は限界だった。張り詰めていたものが切れ、そのまま気絶してしまった。

◆

「ミュスカ！　しっかりしろ！」

抱き締めた体は冷たく、顔は青ざめている。まさか、一晩中外にいたのか⁉

迷うことなくミュスカを抱き上げると、ぐったりした体から腕が力なくだらんと落ちる。

「早く医者を！」

「ヴォルフガング様、ここからならスノーブルグに帰るよりもディーゲルの聖堂騎士団に行った方が早いです！　聖堂騎士団の屯所《とんしょ》には医者もいますから！」

「なら、急ぐぞ！」

ミュスカを抱き上げたまま馬をつないでいる所まで走ろうとすると、呆然としたディビッドが俺の前に立ちふさがっている。邪魔な彼を押し退けようとすると、俺とミュスカを見て急に話し出す。

「ま、まさか、ミュスカさんが人前で口付けをするなんて……」

「うるさい！　俺たちは結婚するんだぞ。そんなことよりもミュスカだ！」

どうやら、ミュスカが俺と人前で唇を重ねたことに多大なショックを受け、身体が固まってしまっていたようだ。

ディビッドの相手をしている暇などない。ミュスカを自分のコートで包み込み、聖堂騎士団の屯《とん》所《しょ》まで馬で一目散に駆けた。

聖堂騎士団に着くと、待機していた医者にすぐにミュスカを診せた。

ミュスカは発熱していたが、命に別状はないとのことで、ほっと胸を撫でおろす。

眠っているのは、発熱と寒さで奪われた体力を回復するためだそうだ。暖かいところでゆっくり眠ればそのうち目覚めるだろうから帰っても問題ない、とお墨付きを得て、ディーゲルのカントリーハウスへと移動した。

今、ミュスカは暖炉で暖められた部屋のベッドで眠っている。

彼女の頬を撫でると、温かさを感じる。小さな寝息をたてており、彼女が生きていることを実感した。

――何よりも大事なミュスカが愛おしかった。


彼女が眠っている間に、聖堂騎士団から報告がきていた。

誘拐犯二人は聖堂騎士団が捕縛した後、すぐに聴取が行われていた。

ミュスカを誘拐した実行犯は街の破落戸《ごろつき》二人。彼らは金のためにやったと白状したが、白状した待ち合わせ場所には誰も居なかった。

ミュスカの誘拐は三つの街で大騒ぎになり、その上破落戸《ごろつき》二人はミュスカに逃げられている。そのせいで約束の時間に間に合わず、彼らを雇った黒幕は誘拐が失敗したと思って逃げたのだろう。

そもそも黒幕はトカゲの尻尾切りのように破落戸《ごろつき》たちのことなど最初から見捨てる気だったに違いない。

ミュスカが一体何をしたと言うのか。

何の欲もなく、いつも健気《けなげ》なミュスカがこんな目に遭うのは間違っている。

彼女をこんなに目に遭わせた黒幕を決して許しはしない。そう決意し、眠るミュスカの頭を慈《いつく》しむように撫でた。

ミュスカは半日以上経ってやっと目を覚ました。

真っ青だった頬には血色が戻り、大きな可愛らしい瞳がゆっくりと瞬《まばた》きをしている。

「ミュスカっ⁉」

「……レスター様？」

「良かった……目を覚ましたんだな」

ミュスカの手を握りしめると、彼女の目の縁には涙が溜まり始めていた。

「またお会いできて嬉しいです。もう会えないかと……」

「怖い思いをしたな……もう大丈夫だ」

「はい……」

「寒かっただろう……」

ゆっくりと噛みしめるように話す。彼女の手にも自然と力が込められ、ぎゅっと握り返してくれていた。

「……誘拐犯から逃げたんです。薬をかがされて上手く術を使えなかったのですけど、それでも逃げて、たまたま古びた小屋があったから……そこに隠れていました」

ミュスカは誘拐されていた時のことを思い出しながら、ぽつりぽつりと話し出す。

「あの小屋に一晩中か……？」

こんな雪の降る中、暖を取ることもできない小屋に……。外から見ただけでもあの小屋は穴があちこちに空き、吹きっ晒《さら》しのように見えたのに。

「はい。でも、レスター様が揃えて下さった服だったから……前に着ていた服と違って暖かかったので、一晩を乗り越えられました。誘拐犯に見つからなくてよかったです」

ミュスカがいたのは、冬の間に薪《まき》を保管するためだけの本当に小さな小屋だった。

しかもすでに使われなくなっていたせいか、雪下ろしもされずに積もったままで、ほぼ雪に埋もれている状態だった。そのおかげで誘拐犯二人は小屋に気付かなかったのだろう。

小屋全体が雪に覆われ、まるでミュスカを隠していたようにさえ思えた。

「ミュスカ。本当に無事で良かった……」

「レスター様やみんなのいるヴォルフガングのお邸に帰りたかったんです……。またみんなで過ごしたいと願っていました」

当時の恐怖を思い出したのか、小柄な身体が微かに震えた。知らない男たちに誘拐されて、何もない森で助けも呼べない。

どれほど怖かっただろうか。彼女を癒《いや》すように腕の中に包むと、いつもと違っておそれ多いとは言わずにしがみついてくれている。

「さぁ、まだ寝ていた方がいい」

「はい」

熱冷ましの薬湯《やくとう》を手渡すと、涙を拭いたミュスカは小さな口でこくんと飲んだ。

そして、ゆっくりとベッドに横たわり、布団をかける。

布団からちょこんとはみ出している顔はまだ紅潮《こうちょう》し、心細そうな目でこちらを見ている。

安心させたくてミュスカの柔らかな手を握ると、そっと握り返してくる。そのまま、彼女は眠ってしまった。

ミュスカが拐《さら》われた時は生きた心地がしなかったが、今は彼女がこの手の中にいるだけで感謝したい気持ちだ。

◇

疲れた身体をゆっくり休ませたので、自分で起きられるようになった。

目覚めるとすでに深夜になっていたが、私が眠っている間もレスター様はずっと側で看病をしてくれていたみたいだ。

私がしっかりと目を覚ましたことを確認したレスター様は、部屋にあるサーヴァントベルの紐を引っ張った。

ベルの音を合図に、アランさんたちが私のいる部屋に集まってくる。

ヴォルフガング辺境伯邸のみんなは私が起きるのを今か今かと待ってくれていたのだ。

アンナは涙ぐみ、スペンサーさんも「本当に良かった……」と目尻を拭いて娘のように抱きしめてくれた。みんなの心配が伝わってきて温かい気持ちになる。

こんな時間まで私が起きるのを待ってくれていたことに、涙が出るほど感動した。

「お嬢様。温かいスープや果物を準備しました。すぐに食べましょう」

アランさんは、私がいつ起きても食べられるようにと料理長さんとスープを温め続けてくれていた。

スープの蓋を開けると、部屋中がいい匂いに包まれる。

「ありがとうございます……私、何と言ったら……」

ベッドに座ったまま言葉を探すが、うまく言えずに俯《うつむ》いてしまう。そんな私を慈《いつく》しむようにレスター様が側で支える。

「ミュスカの顔は見られただろう。お前たちは、もう下がれ。食事は俺が食べさせるから心配するな」

レスター様はアランさんから食事を受け取ると、部屋にいた全員を下がらせた。

スペンサーさんは「まぁ……」と不満を表し、理不尽だわと言いたげに出ていった。何気ないやり取りに日常を感じて微笑ましいと思う。

「お腹が空いただろう、ミュスカ」

そう言えば、誘拐されてからずっと食べてない。お腹をさするとグゥと鳴る。

「さぁ、ミュスカ」

名前を呼ばれて顔を上げると、レスター様が手ずから私にスープを食べさせようとしていた。

「あの……自分で」

「いいから食べなさい」

レスター様は拒否を受け付けてくれないし、恥ずかしいとは思いながらもいい匂いにつられて、彼の持っているスプーンから一口食べた。

「美味しいです……」

「そうか……ミュスカ、もっと食べなさい」

「できれば自分で食べたいです」

誰も見ていないとはいえ、そこまでする必要はあるのだろうか。

「まだ熱が下がってないんだぞ。無理をするな」

「お食事くらいは自分で大丈夫です」

スープのお皿を横のテーブルに置いたレスター様が、私の額に手を当てて前髪を上げる。コツンと額と額をくっつけられ、顔が近すぎて目が開けられない。

彼に恥ずかしいという感覚はないのだろうか。

「まだ少し熱い……やはり、もう少し食べないと」

それはレスター様の素晴らしいお顔がこんなにも近くにあるからです！　と言いたくなるが、何も言えない。

そして彼はまた、お皿を持ち上げた。

「あの……心配をおかけしてすみませんでした」

「ミュスカのせいではない。まさか自力で逃げていたのは予想外だったが……」

「す、すみませんっ！　早くレスター様のところに帰りたくて、つい誘拐犯に術を使ってしまって……」

「誘拐犯に情けはいらん。ミュスカが気にする必要はない。……一人で心細かっただろう」

「はい……でも、レスター様が来て下さったから……もう大丈夫です」

情けはいらないと言っても、失神した彼らを雪の中に置いて来てしまったのだ。死んでしまっていたらどうしようという不安がずっとあった。

でも、そうならなかったのはレスター様が休みなく私を捜してくれたおかげ。誘拐犯に再び見つかる前に、私を捜し出してくれたおかげだ。

「……あの、一つ聞いてもいいですか？」

「何でも聞きなさい。結婚したら夫婦になるんだ。遠慮はいらない」

私の頬の熱を確かめるように、レスター様はずっと撫でている。

それに、私が聞きたかったことを先に言ってくれた。

「本当に私と結婚を？　誘拐されるような、力不足の私をお嫌いになってはいないのですか？」

「嫌いになる理由が何一つないんだが……。そう聞いてくるということは、俺との結婚を前向きに考え出したということか？」

「……はい」

結婚したいとはっきり口に出すことが恥ずかしくて、赤い顔を隠すように下を向いた。

「ミュスカ……！」

感無量といった様子のレスター様は、幸せそうに宣言した。

「そうと決まればすぐに結婚だ。ミュスカが元気になったら、スノーブルグで式を挙げるぞ。さぁ、食べなさい」

今度はすりおろしたリンゴを一匙《ひとさじ》口に入れられた。

レスター様の柔らかい笑顔が今日も眩《まぶ》しい！

結婚に喜んでくれるレスター様に私も胸を熱くさせていると、扉のノックの音がした。

「レスター様、ハリー様がお見えです」

アランさんが扉の向こうから声をかけてくるが、レスター様はリンゴの皿とスプーンを持ったまま、私の側を離れなかった。しょうがないと思ったのか、アランさんがレスター様の返事を待たずに扉を開ける。

開けられた扉からは、ハリーさんが神妙に立っている様子が見えた。

「レスター様、お忙しいところ申し訳ありません。しかし、大事な証言になるかと思い、急ぎ連れて来ました」

扉を開けても反応のないレスター様に困り、ハリーさんが丁寧にそう声をかける。

それを聞いたレスター様はしぶしぶ「入れ」と言い、入ってきたハリーさんの後ろにはディビッドさんがいた。なぜか顔面蒼白になっている。

「ミュ、ミュスカさん⁉　一体何を……」

「えぇーと、ですね……」

口に入れられたすったリンゴをモグモグして飲み込む。

いかにもレスター様に食べさせて貰っている構図にディビッドさんは驚きを隠せないようで、がっくりとうな垂れる。

見られている私も恥ずかしいですからね。

「何しに来たんだ？　ミュスカと俺は取り込み中だぞ」

レスター様。やめてください。その言い方は色々な意味にとれますよ！

彼は邪魔するなという風にディビッドさんを睨《にら》みつける。その言葉にますますうな垂れるディビッドさんをよそ目に、ハリーさんが話し出した。

「ミュスカ様誘拐の黒幕が判明するかもしれません」

「本当か!?」

「はい、詳しくはディビッドから聞いて下さい。ディビッド、すべてレスター様にお話しするんだ」

うな垂れたままのディビッドさんが、やる気なさそうに言う。

「あの話が関係あるのか？」

「絶対に関係ある！」

いまいち話を飲み込めていない風のディビッドさんに、ハリーさんは呆れ声を大にした。

あの話とは何のことでしょうか？

レスター様は別の部屋で聞こうとしていたが、私もどうしても知りたくて同席させてもらうことになった。

話を聞くのにベッドから降りようとすると、まだベッドから降りてはいけないと、レスター様に止められてしまう。

仕方なくベッドの周りに椅子を持って来てハリーさんとディビッドさんが座ると、レスター様はベッドに腰かけて私の隣に寄り添った。

自分の物だと主張するように肩に手を回すことも忘れない。

「本当なら、ミュスカを見せたくないんだが……許せ」

「は、はぁ……」

私の顎をクイッと指で持ち上げながら言ってくる。

何の「許せ」でしょうか？

見せたくないとは、さっきからレスター様が睨《にら》んでいるディビッドさんに見せたくないということでしょうか？　なぜ⁉

そんな色気を出しながら言わないで欲しい。こんな時でも、羞恥心《しゅうちしん》は忘れていないのだ。

「あのー、お話をしてもよろしいでしょうか？」

「始めてくれ」

この様子ではいつまでも話が始まらないと思ったのか、ハリーさんがそう言ってくれた。

「実はですね。あの差出人不明の花を送り続けていたのはこのディビッドだったんですよ」

どこから話せばいいのか……と悩みながら話し始めたハリーさんの言葉に、レスター様はギラギラとディビッドさんを睨《にら》みつける。

「あの……どうしてお名前を伝えなかったのですか？」

なんでわざわざ名前を隠して送るのか、意味がわからなかった。

驚きながらも、おそるおそる聞いてみた。

「……夜会でですね。ミュスカさんと同僚だったというシャーロット嬢からアドバイスをいただいたのです。名前を伝えずに送れば、気になること間違いなしだと言われてですね……」

「はぁ……」

「気になりませんでした？」

「い、色んな意味で気になりました？」

少なくとも、好感を持つという意味での気になるではなかった。本当に意味不明で何がしたいのかわからなかったという気になる。もしや不審者からのものかもと思うこともあったのだから。

ディビッドさんは、花束に込めた思いが私に通じていなかったことに深いため息を吐いた。

「それで、このバカがスノーブルグの教会にやってきたことがあったんですよ」

「バカではない！　ミュスカさんをお迎えに行ったんだ！」

「……ディビッド。冷静沈着のかけらも見えんぞ」

「くっ……」

ディビッドさんは、バカと言われて憤慨《ふんがい》したように勢いよく立ち上がるが、ハリーさんに突っ込まれて大人しく椅子に座りなおした。

「あの時は、ドロドロになってやって来て何しに来たのかと思ったんですが……」

「なんでか、何度も雪道を転んだんだ……！　犬に吠えられて、黒猫も出て来るし、しまいには屋根からハリーに雪を落とされたからな！　スノーブルグの教会に行くのに苦労したんだ！　あそこは、呪われているんじゃないのか!?」

「不吉なのはお前だ！　カラスの糞は上手いことよけやがって！」

「当たり前だ!!」

どうやら、ハリーさんが「もう少しでウンが付くところだったのに」と冗談まじりで言ったらしい。それを思い出しているのか、ディビッドさんはまたしても奥歯を噛み締める。

テンポよく交わされる二人の会話を、口をはさめずに呆然と聞いていた。

「ただ、ミュスカ様にこいつが会いに来た時は、ちょうどレスター様と山間《やまあい》の街ディーゲルに行かれていた時だったんです」

ハリーさんが、仕切り直したように真面目に言う。なるほど、だから会わなかったのだなと頷いた。

「……ミュスカさんにお会いできなかったので、シャーロット嬢にそれを文で伝えたんです。そしたら、シャーロット嬢がミュスカさんをお連れするという返事が帰って来まして……」

……なんで？　急に話が飛んだようで、違和感がある。レスター様もそう思っているのかお互いに顔を見合わせる。

「なぜそこでシャーロット嬢に手紙を出すんだ？　伝える必要があったのか？」

レスター様が疑問を投げかける。

「私は、シャーロット様と仲がよかったことはないんですけど……」

付け加えるようにそう言った。

伯爵令嬢のシャーロット様とお茶をすることなどなかった。いつも、彼女のお茶は準備していたけど。

教会への寄付金が一番多かったシャーロット様に神父様は優しかったし、私に雑用をさせているのを咎《とが》めることはなかった。

「シャーロット嬢が、ミュスカさんとの家を用意してくれたので……。彼女は、俺とミュスカさんを応援してくれていたんですよ。ミュスカさんと上手くいきますようにと、シャーロット嬢が幸運を祈って作ったアミュレットまでくださって……」

どうやら、そのアミュレットの幸運を期待して私を迎えに行ったらしい。でも、その日の私はレスター様とディーゲルの街に出かけていて不在だった。仕方なく、私が『聖女の加護』をつけたアミュレットを購入して帰ったと話している。

絶対におかしい。

一体、いつ私とディビッドさんを応援する流れになりました？　家って何ですか⁉

つじつまはどこですか⁉

夜会の日は、私はずっとレスター様といましたよね？

レスター様は、一分たりとも離してくれなかったんですけど。

そんな人をいきなり迎えに来ますかね？　約束すらしてないのに。

ディビッドさんの話では、なぜか私と彼が一緒に暮らすことになっている。不思議すぎて何度考え直してみてもついていけない。

さらに、なぜかシャーロット様が私をディビッドさんのところに連れて行くことになっている。

何度でも言うが、シャーロット様と私の仲が良かったことなんてない。

しかもあの時、レスター様と婚約したとお伝えした気がしますが。

――ゴンッ!!

突如響いた大きな音に、その場にいたみんなの肩が驚きで揺れた。音の正体は、レスター様がテーブルに拳を叩きつけた音だ。

「貴様。ミュスカを狙うだけでなく、手を出す気だったのか！」

レスター様の恐ろしい形相に、部屋中が緊張感で包まれる。ディビッドさんは恐怖で腰が引けてしまったようだ。

そのまま立ち上がったレスター様は、部屋に置いてあった剣を取ってスラリと鞘《さや》から抜く。

冷ややかな瞳で無言のままディビッドさんに近付こうとするレスター様に、絶対に止《とど》めを刺す気だと誰もが察した。

まさかここを殺人現場にする気では……!?　冷や汗が出て、慌てて止めた。

「レ、レスター様!?　何をする気ですか！　ここを殺人現場にしないで下さい!!」

「なら、外に出てもらおう。どこが現場かわからなければいいんだ」

違う。そういうことではない。

殺人がだめなんですよ!!　殺人現場の問題ではないんです!!

「レスター様。落ち着いて下さいね！　ハ、ハリーさん……!!」

必死で彼の袖を掴《つか》み、一緒に止めてくださいと念を込めてハリーさんに目線を送る。

「まぁ、止《と》めを刺したい気持ちはわかりますよ……ディビッドは昔から思い込みが強くて、現在進行形で迷惑中ですからね」

腕を組んでウンウンと頷くハリーさんは、まさかのレスター様に同感してしまっている。

私の心の声はまったく届いてない。

「俺のことを覚えてなかったくせに何を言う！」

ガタンと椅子から音を立てて立ち上がったディビッドさんは、どうやらハリーさんに忘れられていたらしい。

そう言えば、私も忘れていたなと思い出す。実は、無意識のうちに忘れ去りたい人なのかもしれない。

「思い出したんだからいいじゃないか。それに、俺にケンカ売っている場合じゃないぞ？」

ハリーさんに飄々《ひょうひょう》と言われてハッとしたディビッドさんは、私がベッドからしがみついてなんとか動きを止めているレスター様を見た。

彼は額に血管が浮き出るほど怒ったままで、ディビッドさんに凄んだ。

「さっさと部屋から出てもらおうか。ミュスカの部屋を血で汚したくない」

殺《や》る気満々のレスター様を引き留める腕に力を入れ、さらにぎゅっとしがみつく。

「だ、ダメですよ！　行かないで下さいね!!」

レスター様は怒りを通り越したのか冷酷《れいこく》な面持ちなのに、行動は苛烈《かれつ》そのものだ。

「しかし、ミュスカに危害を加える奴は排除しなければならん」

「だ、大丈夫です！　ディビッドさんは大丈夫です!!」

一生懸命叫ぶと、レスター様は数秒考える。

「仕方ない……ミュスカが止めるなら、我慢をしてやろう」

必死の訴えに、なんとか剣を鞘《さや》に戻してくれた。

怖い。何をするかわからない、レスター様の行動力が怖い。

レスター様は鞘《さや》に収めた剣を持ったまま、私の肩に手を回して隣に腰を下ろしてくれた。

ディビッドさんは、冷や汗をかきながらもまた椅子に座る。

たった今殺されそうだったのに、よくレスター様の前に座れますね、と感心する。

神経が太すぎる。

ハリーさんが、なんとかこの空気を変えようと冷静に話し出した。

もっと早くそうしてほしかったと密かに思う。

「話を戻しますと、落ち込むディビッドに〝おかしなことをするな〟と釘を刺しに行ったところでそれを聞きまして……。来るかどうかわからないミュスカ様のために家を準備するなんて、どう考えてもおかしいでしょう？　それで、すべてをレスター様にお伝えしようと参りました」

引き締めた表情でことの詳細を伝えたハリーさんに、レスター様は冷たい顔のまま少しだけ考え込んでいる。

いつもの冷静な彼に戻ってよかったとホッとした。

「……シャーロットが誘拐の黒幕で、ミュスカを受け取った後にディビッドに渡す気だったのか……。用意されたという家はどこだ？」

厳しい表情でディビッドさんを問い詰める。怒りはまだあるらしい。

「コンスタンと山間《やまあい》の街ディーゲルの間にある屋敷です……誓って言いますが、閉じ込めるつもりはありませんでしたよ。シャーロット嬢がミュスカさんに屋敷でも仕事ができるようにとアミュレットも配達してくれるようで、コンスタンの神父の許可も取っていると言っていました。後は屋敷で好きに過ごせばいいと」

ディビッドさんは時おり、睨《にら》むレスター様を見てびくびくしながら話を続けていた。

ハリーさんはその話を聞き、「お前は何考えているんだ……」と頭を抱えてディビッドさんに呆れる。

「あの神父め……やはり知っていたな」

レスター様が憎々しげに呟く。その様子に、私たちは息を呑んだ。

「ハリー。聖堂騎士団には宿舎があったな？」

「はい、騎士団内にあります」

「では、ディビッド・サムズ。貴様は事件が解決するまで聖堂騎士団の宿舎で待機するんだ。騎士団長には俺から話す。誰とも接触をするな。いいな」

レスター様は、強い口調でディビッドさんに告げた。

まだお怒りは解けないままだ。

ディビッドさんは誘拐犯の仲間ではないようだけど、明らかに利用されそうになっている。

そんなディビッドさんを隔離することに決めたレスター様に、ディビッドさんは苦々しい顔になった。でも、反論はできない。

誘拐を企んだシャーロット様や、それを知っていた神父様がディビッドさんに接触してくる可能性が高いのだ。だから、謹慎《きんしん》という名目で隔離する。

お仕置きの意味もあるかもしれないが、一番はこちらの情報を漏らしたくないのだろう。

「くっ……まさかこの俺を利用しようとするとは！　シャーロット・バクスターめ！」

さっきまではシャーロット嬢と言って仲の良さそうな話し方だったのに、ことのあらましをやっと理解したディビッドさんは憤慨《ふんがい》し始めた。

ある意味のんきなディビッドさんに呆れ、ハリーさんがため息を吐く。

「ディビッド、誘拐犯の仲間と思われないためにも大人しく宿舎で謹慎《きんしん》しろ。シャーロットという聖女の話を不審に思わなかったお前が悪い。レスター様の温情と思って、ありがたく受け入れるんだ。このままだと、聖堂騎士を不名誉な理由で除名にされ、お前の実家の男爵家にまで迷惑がかかるぞ」

ハリーさんはディビッドさんに厳しく言った。

ディビッドさんは男爵家の三男らしい。実家は継がないけど、このまま聖女誘拐に加担したということになったら実家まで調べられる可能性だってある。

ましてや、貴族は醜聞《しゅうぶん》を気にする。いくら三男とはいえ貴族は貴族なのだ。

「ミュスカさん。決して俺は誘拐に加担しようとしていません。それだけはわかって下さい」

ディビッドさんは本当に私を誘拐する気はなかったようで、申し訳なさそうに謝罪した。

「はい、わかっていますよ。でも、一緒には暮らせません。私はレスター様が……」

「そうですよね……ヴォルフガング辺境伯がいますよね」

「すみません……」

私は、レスター様が好きなのです。言葉の最後を濁しながら、隣のレスター様をそっと見る。そんな私をレスター様は優しく見つめている。

いつもの彼に戻ってよかったと、密かにほっとする。

話からすると、ディビッドさんに好意を寄せられていたようだが、私が一緒に暮らしたいと思うのはレスター様だけだ。

「すぐに聖堂騎士団に行こう。ハリー、一緒に来てくれ」

「はい」

レスター様は立ち上がろうとするが、何だか寂しくなってしまって思わず彼の袖をちょこんと掴《つか》んでしまう。

「すぐに帰ってきますか？」

「必ず帰って来るから心配するな。先に寝ていなさい。用が済めば、真っすぐにミュスカの元に帰って来るよ」

不安そうに尋《たず》ねる私の頬に両手を添えて、レスター様は額に軽く唇を当てた。いつものことだけど、恥ずかしながらもそれに安心を覚えている。

いつの間にか、こんなにもレスター様に心を寄せていたことに気が付いてしまう。

ディビッドさんはうな垂れながら、「あぁ……」と微かに落ち込んだ声をもらした。

そして、レスター様はハリーさんとディビッドさんを連れて聖堂騎士団に行ってしまった。

この後、ディビッドさんは聖堂騎士団長に「馬鹿者!!」と、こってりお説教をされたらしい。

◇

数日後。

私の体調が戻るまでは、と言っていまだにカントリーハウスにいる。庭ではヴォルフガング辺境伯邸の警備の人たちに加えて、聖堂騎士団まで見回りをしていた。

誘拐からは無事に帰ることができたけど、聖堂騎士団が私の護衛につくことになったからだ。

こんなに護衛がつくのはもちろん初めてだった。私が聖女だからという理由だけではないだろう。

私が聖女であり、かつヴォルフガング辺境伯の正式な婚約者だからだと、今さらながらに実感する。

今は、レスター様の看病もあってか熱もすっかり下がり、彼とカントリーハウスの庭を散策している。あれからもずっと一緒にいて下さり、離れることはない。

彼に目を細めて笑顔を向けられると動悸がする。以前の動悸とは少し違う。

彼との心の距離が近くなっていると感じるのだ。

こんなに愛おしむように優しくされることは、今までにもこの先にも決してないと思う程に彼は優しい。

誘拐されて、一人で心細かった気持ちを忘れさせてくれるようだった。


そんな心温まる散策中に、訪問者がやって来た。

ハリーさんと聖堂騎士団の団長さん、そしてディーゲルの領主様だ。

気になることがあるからと三人でやって来たらしい。ハリーさんは既に聖堂騎士団を退団しているのに、何だかまだ聖堂騎士みたいだった。

「ハリーさん、大活躍ですね」

「ディビッドと関わったせいで、レスター様のところと聖堂騎士団を行ったり来たりしてますよ」

ハハッと肩をすくめて笑うハリーさんは、どこか楽しそうだった。

やはり、聖堂騎士に戻りたいんだろう。

彼らを連れて庭から暖炉で暖められた部屋に移動すると、団長様が布の包みをテーブルに広げる。

中からは、ちょっと土のついた黄色の石のアミュレットがいくつも出てきた。

「何だ、これは？」

私もレスター様も、普通のアミュレット（しかもちょっと汚れている）を出されて不思議に思ってしまう。

「ミュスカ様が加護をつけて下さった山の麓《ふもと》からこのアミュレットが出てきまして……。実は、ミュスカ様がお帰りになったあとに麓《ふもと》の一部が崩れたんです。崩れたといってもほんの少しですが、崩れたところからなぜかこのアミュレットが出てきましてね」

まるで、このアミュレットをあの山から追い出したかったような崩れ方だったらしい。

実際に、私が『山の結界』を施してからは、魔物も出ないし、山へも以前のように登れているという。間違いなく『山の結界』は効いているのだ。

領主様は、「何か感じませんか？」と私をじっと見るけど、私には検見《けみ》の力はない。

検見《けみ》の術を使うと呪いや悪いものがないか感じ取ることができるのだが、これが使える聖女は滅多にいないのだ。

「すみません、わからないです……」

するとハリーさんが、思い出したことを話し出す。

「この話を聞いて思い出したんですが、ディビッドもスノーブルグの教会に来た時にかなり運が悪かったようで……」

ドロドロになったと言っていましたね。

「来る時に、このアミュレットと同じようなやつをシャーロット嬢にいただいて、持っていたらしいんです。帰りはミュスカ様のアミュレットを買ったので教会のゴミ箱に捨てて帰ったそうですが、帰りは何の不運にも見舞われなかったと言っていました」

アミュレットを教会のゴミ箱に……

「まさか、それはあのゴミ箱に捨ててあった黄色い石のついたアミュレットじゃないでしょうか！」

まさか捨てた犯人がディビッドさんとは⁉

「知っているのか？」

レスター様がそう聞く。

「教会の外のゴミ箱に、黄色い石の……コンスタンのアミュレットが捨ててあったんです。あれをゴミ箱から拾い上げた途端に私は誘拐されました。そう言えば、あのアミュレットを握ったまま誘拐されたはずなんですけど、どこに行ったのでしょうか？」

ウウーンと思い出す。

「……そう言えば、誘拐されて目が覚めた時に、なにか落ちるような音を聞いた気がします」

考えたくないが、まさかあのアミュレットを図らずも手放したから誘拐犯から逃げられたのだろうか。そんな運の悪いアミュレットってある⁉

その発言に、騎士団長様も付け加えるように話す。

「……実は、他にもこのアミュレットを持っていると不運に見舞われると、聖堂騎士団にも相談が来ていまして。まさか、お守りのはずのアミュレットを持っているから不運に見舞われるなんて、聞いたことがなかったので……」

信じてなかったんですね⁉　私もそんなアミュレット、聞いたことがありませんよ。

思わずうなずいてしまう。

騎士団長様は、そのまま話を続けている。

「手から落ちたのは、おそらくこのアミュレットでしょう。乗り捨ててあった馬車の中に落ちていました」

騎士団長様は、広げたアミュレットのうちの一つを指差す。

誘拐事件に使われた馬車の中で見つけたものだからか、他と区別がつくように目印の赤いリボンがつけられていた。

しかもこのたくさんのアミュレットは……

「これ……全部コンスタンの教会のアミュレットですよね？」

いつも加護をつけていたから、腐るほど見てますよ！　絶対に間違える訳がない。

「そうなんです」

ハリーさんが同意する。

「なにが怪しいかハッキリとは断言できませんが、とりあえずことがはっきりとするまで呪いを抑えるための特殊な布で保管したほうがいいですね。なにがあるかわかりませんから」

「やはり……」と言いながら、騎士団長様は懐《ふところ》から一枚の布を出す。

呪物を包むための、聖紋《せいもん》の施された特別な布だ。封呪《ふうじゅ》の布と呼ばれている。

「清らかな『聖女の加護』のアミュレットをこのようなもので包むことになるとは……」

お守りのアミュレットを封呪《ふうじゅ》の布で保管することは、騎士団長様にすればかなり抵抗があるようだ。

それでも、もしかしたらと思って封呪《ふうじゅ》の布を持って来たのだろう。

レスター様は無言で、どうしたものかと悩んでいる。

「コンスタンの教会を今調べている。陛下にも手紙を書いたから、その時に検見《けみ》の聖女も要請しよう」

コンスタンのアミュレットを調べることが決定した時に、コンスタンの教会を見張っていたヴォルフガングの使いが帰って来た。

「レスター様、失礼します！」

アランさんの案内で扉が開けられると、使いの人は慌ただしく報告をする。

「レスター様！　朗報です！　オースティン殿下がコンスタンの街に到着しました。現在ケントと合流しています！」

光明が差したみたいに、みんなの顔色が変わる。

「本当か⁉　だが、王都から来るには早すぎないか？」

「ヴォルフガング辺境伯邸を訪ねる予定で、要請より以前から出発していたようです。レスター様が婚約されたと便りが来て、オースティン殿下がぜひ婚約者にお会いしたいとスノーブルグに向かっていたのです。丁度、監査官もコンスタンに出発する予定でしたので、聖堂騎士団と一緒に来たということです」

ヴォルフガングの使いの人が、背筋を伸ばしてそう言った。

「そうか、オースティンが……これで教会に踏み込めるぞ」

レスター様は、すぐに出発すると言い出した。踏み込む機会を今か今かと待ち構えていたようだ。

「レスター様、私も行きます」

「ミュスカはここにいてくれ。何かあっては大変だ」

「でも……」

自分のことなのにと申し訳なくなる。

「本当なら、俺がミュスカの護衛につきたいが……やはり、コンスタンの教会は見逃せない。オースティンも来たなら俺が行かないとならん。帰りを待っていてくれるか？」

私を守ってくれるレスター様に、少しでも何かしたいと思う気持ちが自然と湧き上がる。

「では、せめてレスター様に加護を」

「また金貨に加護をつけてくれるか？」

「はい」

レスター様の手にある金貨に触れると、レスター様は私の手ごと包むように握った。額と額が重なるほど顔を近付ける。

そして、また光が溢《あふ》れる。

レスター様が怪我をしないように、無事に何事もなくことが済みますように……

彼の安全だけを一心に祈り、『聖女の加護』を付与した。

「レスター様、お気をつけて」

「ありがとう、ミュスカ」

レスター様は使いの方たちと急いで出発してしまった。

その姿を、いつまでも見送る。門に続く玄関を見ると、聖堂騎士団に、ヴォルフガングの警備に……と猫一匹侵入できないくらいの警備態勢で物々しいが、それほど私を心配してくれているのだろうとわかる。

彼の想いに感謝し、そっと首から下げている指輪を握る。

そして、先ほどはレスター様の喜びと勢いに負けてお伺いできなかったのですが……オースティン殿下とおっしゃいました？

婚約したと手紙を書いたのは伯父上様と従兄弟《いとこ》の方でしたよね⁉

なぜ、殿下が私に会いに来るのですか？

私にそんな疑問を残して、レスター様の姿はもう見えなくなっていた。

◆

コンスタンの街に着くと、宿屋にてオースティンとケントが待機していた。

「レスター、久しぶりだな。ケントからことの詳細は聞いたが、大変だったな」

「来てくれて助かった。俺では、証拠もなしに教会には踏み込めないんだ」

両手を広げて歓迎する従兄弟《いとこ》のオースティンと、久しぶりの再会を喜ぶ。

オースティンはスノーブルグに向かおうとした時に、ちょうど聖堂騎士団と教会の監査官がコンスタンの教会に行くつもりだと聞いて、一緒に来たらしい。

一応はお忍びの旅になるから、その中に紛れ込むことにしたのだろう。

それが、俺たちにすれば絶好のタイミングだった。

ケントはなかなかに優秀で、街にやって来た監査官たちの中にいたオースティンを見逃すことなくコンタクトを取ってくれた。

オースティンも俺の従者のケントを覚えていたために、緊急だと取り次いで来た時にすぐに話を聞いてくれたようだった。

俺からも改めてオースティンにすべてを話し、協力を頼む。

「オースティンには、教会へ行ってもらいたい」

「もちろん構わないが、シャーロット・バクスターはどうするんだ？」

シャーロットは、バクスター伯爵夫妻の一人娘だ。甘やかして溺愛しているようだから、伯爵家へと行ってもそう簡単には引き渡さないだろう。しかし、このコンスタンの街はヴォルフガング辺境伯の領地じゃないから、俺がバクスター伯爵家へと踏み込むこともできない。

だから、仕方なく彼女を呼び出すことにした。

「……気は進まないが俺が呼び出そう。不審に思われたら縁談の断りを直々に伝えに来たとでも言えばいいだろう」

「縁談が来てたのか？　相変わらずモテるな」

オースティンが、ハハッと軽く笑う。

「やめろ。あんなのに好かれたくもない」

そんな会話をしながら、シャーロット・バクスター宛に「二人でお会いしたい」とペンを進めた。

「では、明日教会に踏み込もう。検見《けみ》の聖女は要請しているが、神父はその前にすぐに捕らえる。金の流れも調べるように手配しよう」

「頼む。ミュスカにとって危険な人間はもう放置できない」

もう彼女をあんな目に遭わせたくない。助かってからも、一人になることを不安がっているのが伝わるほど、彼女は心細かったのだ。

「随分惚れ込んでいるな。てっきり女嫌いかと思っていたが。そのうち、男を紹介されるのではと父上と心配していたんだぞ」

「男には走らん！」

何で俺が衆道《しゅどう》に走るんだ！　俺にだってタイプぐらいある！

もちろん、媚《こ》びてくるシャーロット・バクスターのような女は論外だ！

軽口を流せず噛みついた俺に、オースティンは軽快に笑っていた。


その翌日。

俺は、シャーロット・バクスターを呼び出した待ち合わせ場所で待機していた。

彼女に気付かれないように聖堂騎士団とヴォルフガングの警備を配置し、ケントと二人で彼女の到着を待ち構えている。

さらに、昨夜のうちに聖堂騎士団の増員を要請し、密かにコンスタンの街に入って来させていた。彼らにはシャーロットにバレないようにと街の住民に変装をさせている。これなら、あの女も警戒せずに近寄ってくるだろう。

待ち合わせの場所は、街の街灯の一つの下。

周りにはテラスカフェもあるような、お洒落《しゃれ》な場所だった。

その待ち合わせ場所がしっかりと見える茂みにケントと隠れていると、何の不信感も抱いていないのか、フリルたっぷりのドレスを着たシャーロット・バクスターとお付きの使用人が軽い足取りでやって来た。

その様子に呆れる。

「……随分浮かれていますね」

ケントと二人で、茂みから少し頭を出して眺める。

シャーロット・バクスターは、頭の中に花が咲いているのかと思うほどの満面の笑顔でお付きの使用人と話していた。

「ミュスカを誘拐しておいて、どういう神経をしているんだ？　しかも、あれだけ縁談を断られたのになぜ嬉々として来るんだ？　捕縛されるかもと疑いはしないのか？」

呼び出しを疑われて善からぬことをされないように、かなりの数の警備や聖堂騎士団を配置しているが、シャーロット・バクスターを見ているとそんなもの要らなかったのでは、と思ってしまう。

「変装させる必要はなかった気がする……」

「変なご令嬢ですね……」

「ケント、何を話しているのか唇を読んでくれ」

ケントは従者だが、読唇術《どくしんじゅつ》を心得ている。腕も立つし、自分の身も守れる。ケントがいれば大袈《おおげ》裟《さ》な護衛をつけずに出掛けられるからいつも助かっていた。

「……この縦ロールはどうかしら？　気合いを入れて来たのよ」

「とてもお似合いですよ、お嬢様」

「今日はどちらに連れて行って下さるのかしら？　陛下や殿下とお忍びで行くところかしら？」

「楽しみですね。お嬢様」

「今夜は帰さないぞ！　なんて言われたらどうしましょう！　きゃあ！　お父様たちになんて伝えましょう！」

「まぁ、お嬢様ったら……クスクス」

シャーロット・バクスターは両手で頬を挟み、照れながら首を振っていた。お付きの使用人はクスクスッと微笑んでいる。

「……という会話が繰り広げられていますよ。どうします？　あれ」

ケントが呆れて聞いてくる。

シャーロット・バクスターを見ていると、逃げられないようにと昨夜から準備をして、張り込みのように警備や聖堂騎士団を配置していたのが馬鹿馬鹿しくなってきた。

「まぁ、今日は帰さないというのは合っているが」

「意味が違いますけどね」

今日、お前は逮捕されるからな。

「レスター様のお土産にと、私が力いっぱい『聖女の加護』を付けたアミュレットを持って来たのよ！　きっとお喜びになるわね！」

「まぁ、お嬢様ったらいじらしい」

キャアっと、よりいっそう彼女の雰囲気が明るくなる。

「……と言っていますけど」

「すぐに逮捕だ！　今すぐに捕らえろ！」

あいつの（おそらく）危険なアミュレットなんか要らん!!　俺にはミュスカの金貨があるんだ!!

一瞬で茂みから立ち上がり叫ぶ。

「全員動け！　シャーロット・バクスターを捕らえろ！」

潜んでいた聖堂騎士団たちが一斉に動き出し、あっという間にシャーロット・バクスターを捕縛した。訳がわからないという顔の彼女には、逃げる暇も考える余裕もなかった。

俺とのデートだと思い、浮かれ気分で現れたシャーロット・バクスターは護衛も連れて来ておらず、あっさりと捕まっていた。

◇

シャーロット様があっさり逮捕されたことなどまだ知らない私は、レスター様の帰りをカントリーハウスの玄関前で待っていた。

雪がしんしんと降る中で白い息を吐いていると、もたれかかっていた玄関の扉が開く。

「お嬢様、外はお寒いですから邸に入りましょう」

私を心配したスペンサーさんがストールを持ってやって来た。

「でも、もしかしたらレスター様がお帰りになるかもしれませんし……」

出発してからまだ一晩しか経っていないのに、どこか寂しいのは不思議な気分だった。

今まで一人であの物置小屋に住んでいて、寂しいなんて思ったこともなかったのに。

レスター様には少しでも早くお会いしたいと思ってしまう。

「お嬢様、お風邪を引くとレスター様が心配なさいますよ」

「……はい」

誘拐のことでレスター様にかなりの心配をさせてしまったし、これ以上迷惑をかけることはできない。

玄関外で待つのを諦めて、後ろ髪を引かれるようにスペンサーさんと邸に入ろうとすると、ハリーさんと聖堂騎士の方々がやって来た。

「スペンサーさん、レスター様からの知らせでしょうか？」

「それなら、ヴォルフガングの警備が来ると思いますが……」

玄関の扉が少し開いたまま、レスター様に何かあったのかと、ドキドキしながら取り乱さないようにハリーさんたちを迎えた。

「ミュスカ様。お休みのところすみません！」

「レスター様に何かあったのでしょうか？」

「レスター様はお変わりありませんが……ミュスカ様のお力をお借りしたくて」

「私のですか？」

「はい」

レスター様に何事もなくホッとした。でも、私の力を借りたいだなんて……

「何かあったのですか？」

「実はですね。コンスタンの街のバクスター伯爵邸に伯爵夫妻が立て籠《こも》っていまして……」

「な、なぜ⁉」

バクスター伯爵夫妻が立て籠《こも》る理由がありますかね⁉

「バクスター伯爵夫妻も何かされていたのですか⁉」

まさかの誘拐に関与していましたか⁉

「さぁ？　ですが、シャーロット・バクスターについて聞き取りに行きましたら、バクスター伯爵夫人が娘を返せ！　と、我々を追い出して結界を邸に張り、立て籠《こも》ってしまいまして……。今は引退しましたが、バクスター伯爵夫人も聖女認定を受けた方でしたので、結界を張られては我々では入れないんです」

「それは、『防壁の結界』ですね……」

結界は魔物避けや死霊など悪いものが入って来ないようにしたり、封じ込めたりするものが一般的だけど、物理的に人も入って来られないようにするものもある。

その一つが『防壁の結界』だけど、範囲は魔物避けよりも小さく、邸に立て籠《こも》るぐらいならできてしまうだろう。

「私で破れますかね？　破るには、結界よりも力の強い光の術で結界そのものを解かすか、それよりも大きな結界を張りそのまま吸収する方法があるのですが……。私よりも強い聖女様なら私では力不足かもしれません」

「あのシャーロット・バクスターの母親ですし、もう引退している聖女ですから。ミュスカ様なら大丈夫ですよ。それに、コンスタンの教会の聖女はみんな謹慎《きんしん》になりますし……。申し訳ありませんがミュスカ様以外近くに聖女はいないのです」

「謹慎《きんしん》？　……全員ですか⁉」

「はい。大聖女様からお達しがあるまで、聖女の務めはできませんね」

驚きました……事態が大きく動き出している。こんなに早く物事が動くとは予想もしていなかった。私がレスター様をお待ちしている間に、大変なことになっている。

レスター様の行動力は凄いというか、素早い。

そんな状況で私が頼られたことに断る理由はなかった。

「私でお役に立てるなら、すぐに行きます！」

「お願いします。聖堂騎士団もミュスカ様を必ずお守り致します。もちろん俺もね」

胸に手を当てて一礼するその姿は、聖堂騎士そのものに見えた。

「ハリーさんがいると心強いです」

いつも一緒に仕事をしているハリーさんと一緒なのは心強い。彼は頼りになる方だ。

「では、すぐに支度しましょう。暖かいお召し物をご準備いたします」

側で聞いていたスペンサーさんは、すぐに私の防寒着の支度をし、見送ってくれる。

「レスター様がいないのに、私がヴォルフガングの家紋入りの馬車を使わせていただいていいのでしょうか？」

「もちろんですよ。さぁ、中へどうぞ」

執事のアランさんは、当然のように馬車へと私を迎えた。寒くないようにブランケットの準備もしっかりとしている。

「では行ってきます」

玄関の外まで見送ってくれる邸のみんなに挨拶をして、私は聖堂騎士団に護衛されながらコンスタンの街へと向かった。

「コンスタンの街に着いたら、レスター様もお待ちになっていますからね」

ハリーさんが、私がレスター様に早く会いたいと思っているのを見透かしたように馬車の中でそう言った。

　人に言われると、何だか恥ずかしい。

「なんだか私って不謹慎《ふきんしん》ですよね。こんな時なのに……」

　でも、彼がいないと今は本当に心細いのだ。

「気にすることはありませんよ。あんなことがあったのですから……むしろ早くレスター様とご結婚されれば良いと思います」

「レスター様は……私と結婚して、後悔しないでしょうか？」

「ミュスカ様は、レスター様が初めて見初《みそ》めた方と聞きましたよ。レスター様は領民からも信頼がありますし、ミュスカ様もスノーブルグに来てまだ日が浅いのにすでに領民に愛されています。そんなお二人ですからお似合いですよ」

　褒められることに慣れていないため、領民に愛されているなんて言われても他人事のようだ。でも、レスター様が素晴らしい方なのは一緒に暮らしていてよくわかるので、思わず頷く。

「本当に？　レスター様は素晴らしい人ですが……」

「レスター様は今まで誰とも噂がなかったと聞いています。そんなレスター様が唯一選んだのがミュスカ様ですよ」

　確かに、使用人の方々もみんな「良く来て下さいました！」と歓迎してくれた。アンナも、レスター様が女性を連れて来たのは私だけだと教えてくれた。

　私が唯一と言われれば、胸に火が付いたように熱くなってしまう。

「レスター様は私に良くして下さいました。私もレスター様のお役に立てるように頑張ります」

そんな彼に、少しでも尽くしたい。

「レスター様は、そのままのミュスカ様でもお好きだと思いますが……きっとお喜びになりますね」

ハリーさんは、応援するように優しく言ってくれた。

その後も他愛のない会話をしているうちに、馬車はコンスタンの街に到着した。

バクスター伯爵邸の前は既に通行が制限されており、関係者以外は入れなかった。

その中を進み、遂に馬車が止まる。

「さぁ、降りましょうか」

ハリーさんが扉を開けようとすると、先に扉が開いてレスター様が現れた。

私が降りてくるまで、待てなかったようだ。

「ミュスカ、急に呼び出してすまないな」

「いえ、大丈夫です」

レスター様に手を引かれて馬車から降りると、いきなりギュッと抱き締められた。

「会いたかった……ミュスカ」

「は、は、はい……！」

熱を込めたような甘い声で囁《ささや》かれると、あたふたとして思考が飛んでしまう。

これはさすがに恥ずかしい！　衆人環視のなかですよ!?

いや、私も会いたかったですよ？

でもいきなり人前で、しかも今から仕事をするのに、どうしたらいいのですか⁉

まだ、離れていたのはたった一晩ですよ！　と誰か突っ込んで！

たくさんの聖堂騎士団やヴォルフガングの警備に見られているなかでもレスター様は気にせずに抱擁《ほうよう》することをやめないし、突っ込んでくれる人も止める人もいない。

「レ、レスター様！　仕事が！　仕事を致しましょう！」

「そうだな。では、こちらに来てくれ」

「は、はい」

レスター様に、照れはないんですか？

なぜ普通に私の腰を引き寄せて、仕事に入れるんですか？

高鳴る動悸を抑えようと、胸に手を当て必死に深呼吸。その状態のまま、バクスター伯爵邸の門前へと歩みを進めた。

「ミュスカ。結界の光は最初は邸全体を覆っていたんだが、今は部屋の一室だけにまで小さくなったんだ。ミュスカが結界をどうにかしてくれたら、すぐに聖堂騎士団が突入することになっている」

「はい」

結界が小さくなったということは、邸全体を覆う必要がなくなったのか、それとも邸全体に結界を張るだけの持久力と聖力が足りなくなったのか……

どちらにしてもこのまま放置することはできない。

「自分の邸に立て籠《こも》ってもシャーロット・バクスターは解放しないのに、何を考えているんだか……」

レスター様が呆れたように言うけど私もそう思う。

立て籠《こも》って、食事とかはどうするつもりですか？

いくら引退した聖女とはいえ、こんなことをすれば大聖女様の耳に入って大変なことになる。

聖女の認定を取り消されるかもしれない。そうなったら、とても不名誉なことだ。

「とりあえず、結界を消しますね。多分、私が邸全体にバクスター伯爵夫人よりも大きな結界を張れば吸収できるでしょう。光の術を使ったら、誘拐犯のように失神してしまうかもしれませんから……とりあえずやってみます」

「ミュスカは優しいな」

「そうでしょうか？」

バクスター伯爵夫妻がしていることは、娘のシャーロット様を思ってのこと。

そのやり方はまかり通るものではないけど、家族のいない私には娘を思う気持ちが少しだけ眩《まぶ》しいとさえ思ってしまった。

だからといって犯罪はダメで、親なら娘を止めるべきだったのだろう。

もし誘拐のことを知らなかったとしても、こんなことをせずに聴取に協力はするべきだともわかっているはずなのに。

「では、始めます」

深呼吸をして、両手を組んで集中する。そのまま聖力を込めて、結界を足元から広げるように張り始めた。

そして、バクスター伯爵邸の庭を含めたすべてが光の膜で包まれた。

邸自体が包み込めたということは、バクスター伯爵夫人の結界も吸収してしまったのだろう。

「レスター様、邸に入って大丈夫です。バクスター伯爵夫人の結界はもうありません」

「やはり、君の力は凄いな……。降っている雪まで光っているように見える。とても綺麗《きれい》だ……」

それは、雪が綺麗《きれい》だと言っているんですよね!?

それなのに、頬に撫でるように手を添えて言わないで下さい！

照れるのですよ！

目を開くと、いつの間にか舞うように降っていた雪がレスター様の言う通りキラキラと煌《きら》めいていた。

「結界が消えた！　中へ入るぞ！」

聖堂騎士団が合図と共にバクスター伯爵邸に突入する。

そのままバクスター伯爵夫妻は難なく捕らえられてしまった。

「娘を出せ！」と聖堂騎士団に喚《わめ》いていたが、眠らされて連れて行かれたらしい。

私とレスター様は、彼らの捕縛を見守ってからコンスタンの教会へと移動した。

教会では、レスター様の従兄弟《いとこ》という方を紹介された。

サラサラの綺麗《きれい》な金髪に薄い青の瞳。すらりと細身で、背が高い。レスター様も端整《たんせい》な顔だけど、従兄弟《いとこ》の方も見目麗しいという言葉を背負っているような美形だった。

「ミュスカ、こちらが俺の従兄弟《いとこ》で、現国王陛下の息子のオースティン殿下だ」

今、何と言いましたか？　陛下の息子⁉

殿下⁉

目玉が飛び出しそうなほど驚く。

「レスター様！　伯父上様はどうなりましたか⁉」

「陛下が伯父上だ。母上の兄上が陛下なんだ」

「いつからですかーー⁉」

「……産まれる前から？」

そりゃそうでしょうね⁉

レスター様の母上が陛下の妹君なら、レスター様が産まれる前から兄妹ですよね⁉

「辺境伯様では⁉」

「父上が辺境伯だったんだ。父上が母上に一目惚れして、結婚したらしいぞ。俺と同じだな」

淡々とレスター様の口から、驚く発言が飛び出してくる。

何が⁉　まさか私のように有無も言わさず連れて来たのですか⁉

聞くのが怖すぎる⁉

王族の方の婚姻事情など聞いたこともなく、衝撃の事実に取り乱していると、オースティン殿下は笑いをこらえて話し出す。

「レスター……ちゃんと伝えてなかったのか？　婚約者殿が困っているぞ」

「驚くかと思って……ミュスカはすぐにおそれ多いと言うし。しかし、困った顔も中々可愛いな」

あぁ、その眩《まぶ》しい笑顔を近付けないで下さい！

殿下が目の前にいるんですよ⁉　不敬では⁉

「レスター、そのくらいにしておけ。それに早速で悪いが、この教会のことと誘拐事件について話そう」

オースティン殿下は軽くフフッと笑い声を漏らしたかと思うと、側にある椅子に座って真剣な表情に変わった。

「お、お、お願い致します！」

オースティン殿下、良い人です！

そして、レスター様。私の肩から手を離しましょう！

殿下の御前です！

恐縮《きょうしゅく》しすぎて頭の中まで敬語になってしまう。

レスター様の溺愛ぶりを気にすることもなく、オースティン殿下は話し出した。

「では、早速だがレスター及びミュスカには王都の大聖堂に行ってもらう。ここの教会は人員をすべて入れ替えるから、新しい神父たちが来るまでは教会は閉めさせる。神父たちもそうだが、聖女は大聖女様の管轄だ。シャーロット及びこの教会の聖女は、みな大聖女様より沙汰《さた》を下してもらうことになる。いいな？」

「はい」

大聖女様。幼い時に一度だけお会いしたことがある。お会いしたというか、聖女の認定を受けただけだけど。確か、不思議な雰囲気の人だった。

「大聖女様はお元気か？」

レスター様は大聖女様とも顔見知りのようで、懐かしむようにオースティン殿下に聞いた。

「元気過ぎるぞ。今も趣味にいそしんでいる」

ほんの少しだけオースティン殿下の眉根に寄ったシワがピクピクした。上がった口角すら引きつっている。

「趣味？」

不思議な反応に思わずポロリと疑問を口に出す。すると、どこか困った様子のレスター様が答えてくれた。

「大聖女様は多趣味なんだ。以前は利《き》き茶にはまっていて、紅茶の種類を当てることを楽しんでいたんだが……」

「利《き》き茶……」

何ですかその趣味は？　貴族の遊びでしょうか？

確か、今の大聖女様は元々侯爵令嬢様でした。

優雅な遊びだなぁと思っていると、オースティン殿下が付け加えるように話す。

なぜかオースティン殿下もどこか困った様子だった。

「その後は絵描きにはまり、今は……そうだな、違う趣味にいそしんでいる。大聖女と二人っきりにならない方がいいぞ」

二人っきりにならない方がいい趣味って何でしょうか⁉

一体どんな趣味かと思うと、レスター様が困り顔のままで肩を竦《すく》める。

「大聖女様は多趣味だけど、飽きっぽくてな。色んなことにはまるんだが、すぐに別のことに興味が移るんだよ」

大聖女様が飽きっぽい方とは知らなかった。

ご立派な力をお持ちで、務めにも真面目な方と聞いていたから。

幼い頃お会いしたことを思い出そうとして自然と首が傾くと、レスター様の腕にコツンと当たる。それを私が寄り添ってきたと勘違いしたのか、彼は嬉しそうに私の方に回す手に力を込めて宣言した。

「では、すぐに出発しよう。終わればすぐに結婚だ！」

「えぇ⁉　け、結婚の準備は……⁉」

飛び上がるほどびっくりする。

「ミュスカの気が変わらないうちに結婚したい。今は結婚に前向きになっているだろう？」

「そ、そうですが……」

レスター様。私を教会から連れ出した時もそうですが……有言実行型ですか⁉

まるで猪のように一直線！

「ケント！　王都から帰ればすぐにミュスカと結婚だ！　準備をしておくように伝えろ！　主寝室もミュスカと過ごせるようにしておくんだ！」

「かしこまりました！」

私が悲鳴を上げる間もなく一気に指示を伝えるレスター様に、ケントさんは狼狽《うろた》えもせずに動き出す。

ケントさん……いつの間に⁉

一体いつから後ろに控えていましたか⁉

あなたは影ですか⁉　影なのですか⁉

軽くパニックになっている私にレスター様が真剣な表情で話しかけてきた。

「ミュスカ。必ず幸せな結婚にしてみせる。そのための努力を怠るつもりはない」

そんな風に真っすぐな眼差しで言われると、これ以上結婚を待ってくださいとはもう言えなかった。

「はい……私も頑張ります」

私も決意して口に出すと、狼狽《うろた》えていた心が落ち着いていく。

「では、王都へ出発だ」

そのまますぐに馬車に乗せられた。

私たちの馬車は、オースティン殿下の馬車の後ろについて走っている。

「ミュスカのウェディングドレス姿が楽しみだ」

「ウェディングドレス……？　私にですか？」

そういえば、そんなことも言っていた気もする。色々なことがあってもう頭になかった。

「当然だ。ミュスカのサイズもスペンサーとアンナに控えさせているからドレス作製も問題ない」

スペンサーさんの、「私に抜かりはありませんよ」という声が聞こえそう。

馬車の中でレスター様に抱き寄せられ、密着する体勢が恥ずかしい。

「ミュスカ、キスをしても？」

「結婚まではダメです」

恥ずかしがる私に許可がいると思ったのか、レスター様が囁《ささや》くように聞いてきた。

耳元で、あの低くて男らしい声が響くといまだにドキリとする。

「一度したのに？」

「あの時はもう会えないかもと思ってですね……。レスター様に会えて感無量だったというか、本当に会いたくてですね」

「……では、今はこれで我慢しておこう」

私の返答にそれなりに満足したのか、頬や手の甲に何度もレスター様の唇が触れてくる。

王都まではコンスタンから三日はかかる。レスター様がこの調子では、私は王都まで心臓が持たないかもと思い始めていた。

◇

――王都の大聖堂にて。

レスター様の迫り具合に緊張しっぱなしの馬車の旅を耐え抜き、なんとか心臓は破裂させずに王都へと到着することができた。

頑張った自分を褒めたい。

この大聖堂はすべての教会の頂点に立ち、大聖女様や大司祭様がおられるところだ。

大聖堂に初めて来た私は、美しいステンドグラスと荘厳《そうごん》な雰囲気の建物に圧倒される。

清らかな空気を感じながら廊下を歩き、案内された場所は聴聞《ちょうもん》会議室。

円形の造りの部屋で、壁に沿って湾曲《わんきょく》した机が階段のように設置されている。そこには、すでに教会の幹部やお城の役人が空席なく座っていた。

こんな高官たちの集まりなど見たこともなく、緊張しながら私とレスター様は前列に座った。一際高い場所に座る威厳《いげん》に満ちた大聖女様を見上げると、無表情でまっすぐ前を向いているのがよく見える。

このような場にいる不安から隣を見ると、「大丈夫だ」という風に軽く頷いてくれるレスター様にホッとした。

やはり、私の中でレスター様の存在はかなり大きくなっている。

全員が揃ったのを確認すると、大聖女様と大司祭様が話しだした。

「さて……どれから話を進めるかのぅ？」

「金の流れからいきますか？」

「そうじゃのぉ……」

大聖女様はなんだか話し方が独特だった。

「コンスタンの司祭よ。前へ出なさい」

大司祭様に言われて、コンスタンの神父様は真ん中の証言台に立たされる。顔は青ざめ、疲れ切った様子もにじみ出ていた。

「コンスタンの司祭よ。聖女ミュスカの給金を着服し、私腹を肥やしたことは調べがついておる。即刻聖女ミュスカに全額返済をするように。そして、司祭の地位は剥奪する」

大司祭様がいきなり通達した。言い分を聞く気も、話し合いをする気もないのだ。

でも、私の給金の着服って何の話ですか？　初耳なんですけど⁉

着服されていたことなど知らなかった私が呆然としていると、隣のレスター様が小声で説明してきた。

「ミュスカ。聖女の給金があんなに安い訳がないんだ。聖女の給金は活躍に応じて基本給にプラスされて支払われるんだが、ミュスカのは安すぎだった。教会で握りつぶした分もあるとは思うが、聖堂騎士団ともミュスカは仕事に出ていたから、きちんと活躍していたことは記録に残っていたんだ」

聖堂騎士団の記録には、同行した聖女の名前がしっかりと記載されていたらしい。

お給金の制度のことはよく知らなかったたし、仲の良い人もいなかったから、そんなことになっているとは誰も教えてくれなかった。

今度は大聖女様が話し出した。

「コンスタンの元司祭よ。聖女ミュスカを物置小屋に住まわせ、今回の誘拐事件も見て見ぬふりをしていたとは……。到底許せるものではないぞ。だが、私も鬼ではない。そなたに慈悲《じひ》をやろう」

呆然としたまま聞いていると、大聖女様は肘をついてニヤリと笑い、話を続けた。

「聖女ミュスカが物置小屋に住んでいた年月と同じ分だけお主も物置小屋に住み、教会に奉仕するのじゃ。もちろん、この大聖堂の物置小屋じゃぞ」

奉仕ということは……タダ働きですか!?

神父様（すでに元だけど）は顔を引きつらせ、口をパクパクとさせている。

とんでもない沙汰《さた》にハラハラする私と違い、大聖女様は無邪気なお嬢様のように笑う。

「なかなか楽しみじゃろう……ほほほ」

「そ、そんな……っ」

「発言は許可しておらぬぞ。誰が許可したのじゃ？」

「……っ!?」

大聖女様も大司祭様も有無を言わせず、ただただ元神父様に沙汰《さた》を通達した。

「さぁ、次はシャーロット・バクスターじゃのぅ。前へ出よ」

茫然自失《ぼうぜんじしつ》の元神父様を下がらせて大聖女様がそう言うと、大司祭様が合図をする。

元神父様と違い、なぜかシャーロット様は堂々と出てきた。可愛らしい金髪の縦ロールなのも変わらない。

大聖女様は、そんなシャーロット様を見て獲物を見つけたように頬が少しだけ紅潮《こうちょう》していた。

それでも、元神父様の時と同じように話し出す。

「シャーロットよ、誘拐は大罪じゃ。そなたの聖女の称号を剥奪するぞ」

「実行したのは私ではありません！　ミュスカには新しい婚約者も用意しておりましたし！」

「ふむ……。役割分担をしていたのは間違いないと言いたいのじゃな。なかなか素直ではないか……！　ほほほ」

聖女の称号を剥奪すると言われてもまったく怯《ひる》まないシャーロット様を見て、大聖女様は笑う。

「ち、違っ……！」

「心配するでない。そなただけではなく、コンスタンの聖女はみな聖女の認定を取り消す。みな仲良く聖女ではなくなるぞ。まぁ、そなたは取り消しではなく剥奪じゃがのぅ……」

「えぇ!?　私が聖女ではなくなるのですか!?」

「今しがた言ったばかりではないか。何を聞いていたのじゃ？　それにしてもそなた、よう喋るのぅ。そのお喋りな口から聞きたいことがある」

そう言いながら、大聖女様が横目で合図するかのように片手を振ると、シャーロット様以外のコンスタンの聖女たちがわらわらと前に出てくる。みんなシャーロット様とは違って不安そうだ。

そして、彼女たちを連れてきた聖堂騎士団長は聖紋《せいもん》の模様のある布の包みを持っていた。封呪《ふうじゅ》の布だ。

それと同時に机も運び込まれ、その上で包みが開かれた。

中からは、あのアミュレットがじゃらりと出てくる。

「このアミュレットはなんじゃ？　これを持っていると不幸になるという報告が来ている。お主ら、どうやってこれを作ったのじゃ？」

あれは、不吉と言われたアミュレットだろう。

あんなにたくさんあっただなんて、ちょっとびっくりしてしまう。

それに、どうやって作ったのか私も知りたい！　本当にとんでもない目にあったから。

しかし、コンスタンの聖女たちは何も言わず、顔を見合わせて困惑している。

自分たちで作ったのに、心当たりがないという表情だった。

堂々としていたシャーロット様も、そんなことを聞かれるとは思わなかったようでポカンとしている。

「シャーロットよ、そなたの作ったものが一番不吉じゃがのぅ？　そなたはちゃんと加護を付けたのか？　持ち手が不幸になっておるし、このアミュレットからは『聖女の加護』を感じんぞよ」

「私はきちんと幸せを願い『聖女の加護』を付けました。レスター様にお渡しするアミュレットにもしっかり祈りを捧げました！」

頬を膨らませてつんとそっぽを向くシャーロット様に、大聖女様は少しだけ言葉に間を開ける。

「……お主。このアミュレットからは自己顕示欲《じこけんじよく》を感じるぞ？」

自己顕示欲《じこけんじよく》って……検見《けみ》の術で、そんなことまでわかりますかね？

怪しいと思いながら大聖女様を見上げると、ニヤリと細められた目と目が合ってしまった。

まさか、シャーロット様にカマをかけたんですか？

いくら何でも、そんな単純なことに引っ掛かりますかね？

というか、レスター様にお渡しするアミュレットとは何ですか？

レスター様にシャーロット様からアミュレットを受けとってもらいたくないのは、私の我がままかしら？

貴族様なら横の繋がりも大事だろうし、私は何も言えない。

軽く嫉妬してしまって思わず下を向くが、それを察したレスター様にまた小声で耳元に話しかけられる。

「あんな女のアミュレットなんかいらないぞ。俺にはミュスカの金貨がある」

少しだけ顔を上げると、レスター様は引きつった嫌そうな顔で優しく髪をすくように頭を撫でてきた。本当にシャーロット様が苦手らしい。

そんな私たちに、大聖女様は突っ込んで来た。

「そこ、いちゃつくでないぞ」

いちゃついているつもりはないが、大聖女様はよく見ているようだった。全体に聞こえるように注意され、恥ずかしい。

そんな私たちを横目に、シャーロット様は堂々と反論を続けている。

「私は幸せになれますように、と祈りました！」

「訳のわからんギャグをかますでない。『聖女の加護』をつけんか、『聖女の加護』を。そして、人々の幸せを願わんか」

「ギャグなんか言ってませんわ！」

失礼ですわ！　と言いたげにシャーロット様は再度プンッと横を向いてしまった。

それなのに、大聖女様はまたニヤリと笑った。

「コンスタンの元聖女たちには、教会での奉仕活動を命じる。シャーロットは、この不吉なアミュレットの回収のための資金を提出し、お主がすべて浄化するのじゃ。よいな？　そして今日より、そなたは大聖堂の塔に住むのじゃ」

大聖女様の沙汰《さた》を静かに聞いていたコンスタンの教会の聖女たちは、両手で顔を覆い、ショックを受けていた。漏れ聞こえる声は悲哀に満ちている。

シャーロット様もさすがにショックを受けているだろうかと思うと、レスター様がポツリと言った。

「大聖堂の塔へと幽閉になると言うことだな」

やはり私を誘拐したから、他の聖女たちと同じ処分とはいかないらしい。

「私が塔に？　それにすべて浄化なんて……!?　アミュレットがどれだけ出回っていると思いますの!?」

「大丈夫じゃ、すぐにやる気になるぞ」

憤慨《ふんがい》した様子で声を荒らげるシャーロット様に、大聖女様は新しい玩具《おもちゃ》を見つけたみたいに楽しそうだった。

アミュレットは旅人が購入することが多い。しかも、わざわざスノーブルグまで売りに来ていたから、コンスタンの街だけでは回収できないだろうに……

大変なことが見込まれるからこそ、大聖女様はそれを罰にしたのだろう。

しかし、素直に従う方には見えない。でも、大聖女様の沙汰《さた》が取り消されることはなく、シャーロット様は文句を言いながら引きずられていった。

そして大司祭様と役人の方々が諸々の沙汰《さた》を告げると閉会になった。


聴聞《ちょうもん》会議室を出ると、すでに退席していたオースティン殿下に呼び止められた。

「二人とも、待っていたよ。大聖女様が呼んでいるから、一緒に来てくれないか？」

「大聖女様が私を？」

大聖女様が私に会いたいと言っていたらしく、レスター様とオースティン殿下と三人で大聖女様の部屋へと向かうことになった。

「大聖女様直々のご指名で呼ばれるなんて……」

緊張感を隠せず、強張った面持ちで呟く。

「あの方と二人きりにはさせないから、大丈夫だよ」

オースティン殿下は大聖女様と二人になることを気にしながらも、丁寧にフォローを入れてくれる。

「……ただし、メトロノームが動き出したら部屋から逃げるように」

「は？　メトロノーム？　何だそれは。今度はピアノにでもはまったのか？」

「ピアノなら良かったんだけどな……」

疑問を投げかけるレスター様に、オースティン殿下は眉間に指を当てて顔をしかめた。

――カチン――カチン。

大聖女様の部屋の前につくと、中からは一定のリズムを刻むメトロノームの音が聞こえた。

その音に、三人で顔を見合わせる。冷や汗を流すオースティン殿下に、レスター様が静かに聞いた。

「……メトロノームの音が聞こえるが？」

「今は危険だから入らない方がいい」

「一体、今度は何にはまっているんだ？」

「それがだな……まぁ、覗くくらいなら大丈夫だろう」

オースティン殿下が少しだけ扉に隙間を作ると、部屋の中には大聖女様とシャーロット様が向かい合わせに座っていた。メトロノームの音が静かな空間に響いている。

大聖女様はシャーロット様の顔の前で指をグルグル回し、何かを呟いているようだ。

あれは一体何でしょうか？

ぶつぶつ言いながら指を回す大聖女様は怪しい。怪しすぎる！

シャーロット様の目がグルグルしている。

不審者そのものの大聖女様に、レスター様も怪訝《けげん》な顔をしている。

「オースティン……あれは何だ？」

「……催眠術だ。最近の大聖女様は催眠術にはまっているんだ。まだ練習中らしいが、すぐに実験台にされるから、部屋で二人きりにならない方がいいぞ……」

大きくため息を吐き、頭を抱えるオースティン殿下は「もう嫌だ」と疲れたご様子。どうやら、実験台にされたことがあるようだ。

またそっと覗いてみると、大聖女様は姿勢を正し、にっこりと満足そうに笑っている。シャーロット様の雰囲気はおかしいいままだ。

「……よいな、シャーロットよ。そなたはアミュレットの浄化に励《はげ》むのじゃぞ。そして、私を崇《あが》めるのじゃ」

「もちろんですわ！　何だか私、やる気に満ちていますわ！」

「そうかそうか、なかなか素直で良いぞ。素直な人間は大好きじゃ。まずは、浄化の術をマスターせねばな」

「すぐに覚えてみせますわ！」

「頑張る子には褒美もやろうな」

大聖女様はご機嫌で、高らかに笑い出した。

その様子を見た私たちは、部屋に入ることに二の足を踏んでしまう。

「……あんなにやる気に溢《あふ》れているシャーロット様、初めて見ました」

「俺が呼び出した時もあんな変なテンションだったぞ」

呼び出した時って……シャーロット様を逮捕するために呼び出したのですよね？

逮捕されるのに、やる気に満ちていたなんて不思議だ。

「褒美にヴォルフガング辺境伯に会わせてやろう」

これを聞いたシャーロット様は周りの空気に花を咲かせ、大聖女様を讃《たた》える。

「まあ！　私のレスター様に!?　素晴らしいですわ！　さすが大聖女様です！」

「ほほほ……。お主のヴォルフガングではないが、会わせてやるから務めに励《はげ》むのじゃぞ？」

「私、燃えてきましたわ！」

シャーロット様のテンション、絶対おかしいんですけど!!

「誰が私のだ。誰が……」

レスター様は頭を扉にゴンッと当て、嫌そうな表情を隠さない。

「ほれ、扉の前の三人よ。入って来んか。鏡に映っておるぞ」

扉の隙間から見ていたことはすべてバレており、中に入るように言われてしまった。

怪しい雰囲気の部屋にしぶしぶ入ると、シャーロット様は嬉々として立ち上がる。

「きゃあ！　私のレスター様！　お会いしとうございました！」

「貴様のではない！　近付くな！」

一体いつから、レスター様がシャーロット様のものになったと思われましたか⁉

彼は、シャーロット様から間合いを取るようにじりじりと後ろに下がっている。

「くすん……大聖女様。私のレスター様に近付くなと言われてしまいましたわ。私、一緒に夜を過ごしても大丈夫なようにあの日は勝負下着でしたのに……」

いきなりとんでもないことを暴露するシャーロット様に、レスター様の眉間のシワは増した。

「そうかそうか。少し素直になりすぎたかのぅ……。しかし、大丈夫じゃ。お主には浄化作業という高潔な仕事を用意しておる。しっかりと励《はげ》むのじゃ」

そう言いながら、また怪しげな嬉々とした表情で大聖女様はシャーロット様の顔の前で指をグルグル回し始めた。

「……もちろんですわ！　また燃えてきましたわ！」

「ほほほ。素直じゃのぅ。また私の実験っ……じゃのうて、話し相手を頼むぞ」

「お任せ下さい！」

シャーロット様は、「やるわよー！」と天に拳を突き出し、教会の人に連れて行かれた。

きっとあの燃えたテンションのままで塔に幽閉されるのだろう。

大聖女様の部屋に残された私は呆然とそれを見ていた。

レスター様は、やっといなくなったとばかりに白けた顔をしている。

オースティン殿下も、はァーっ、と深いため息を吐いていて、ご機嫌なのは大聖女様だけだった。

「なかなか素直な娘じゃのぅ。あれなら、張り切って浄化作業に当たるじゃろう」

楽しそうな大聖女様に、聴聞《ちょうもん》会議室での沙汰《さた》の時のニヤリとした顔を思い出した。

あの時から、シャーロット様に催眠術をかけてみようと考えていたのだろう。

呆れたオースティン殿下が、シャーロット様の連れて行かれた扉を見て話す。

「ちょっと効きすぎじゃないですか？」

「私の力のおかげじゃ。さすが私じゃ」

「なら、コンスタンの元神父にもかけて下さい」

「嫌じゃ。あんな可愛くないオッサンとなぜ私が二人っきりにならねばならんのじゃ？　お断りじゃ」

「……地が出すぎですよ」

大聖女様とオースティン殿下がそんな会話を繰り広げる中、私は大聖女様の子供のような言動に呆気にとられてしまった。

見ない方が良かった気がする。大聖女様には荘厳《そうごん》で神秘的な印象を抱いていたのに、怪しさが上回ってしまってきている。怖い。

オースティン殿下の言う通り、二人っきりにならなくて良かったと安堵する。別の意味で緊張して来た。

「聖女ミュスカ。そなたも中々可愛いのぅ……」

ニヤリと視線を向けられると、今度は私が催眠術の餌食《えじき》になるのかとちょっと怖くなる。

シャーロット様みたいなおかしなテンションになるのは嫌すぎる。

思わず血の気が引き、そのままレスター様の後ろに隠れてしまった。

「見よ。ヴォルフガング辺境伯の後ろに隠れおったぞ。なんと可愛いことよのぅ」

「あなたに引いているのですよ」

オースティン殿下が頭をくしゃりと掻き、困ったように言った。

「大聖女様、ミュスカに変なことをすると怒りますよ」

「おぉ、怖いのぅ。お主も先代のヴォルフガング辺境伯のように一目惚れしたクチか？」

「それが何か？」

迫力のあるレスター様の眼で睨《にら》まれても、大聖女様は笑い交じりにかわしている。

レスター様は、一目惚れとからかわれても微塵《みじん》も照れず、心乱す様子もない。

そういえば、オースティン殿下も同じようなことを言っていたっけ。

あの時はすぐに王都に移動しなきゃいけなかったから詳しくは聞けなかったけど、今なら聞いてもいいかしら。

レスター様のお母様は陛下の妹君だから、王女殿下だったはず。その方に一目惚れして、結婚にこぎつけてしまう血筋に改めて興味が湧いた。

「聖女ミュスカよ、聞きたいか？」

「は、はい！」

「素直でよろしいぞ。では教えてやろう」

でも先代のヴォルフガング辺境伯様を知っているなんて、大聖女様は一体おいくつなんですか？

私が聖女認定を受けた時から大聖女様ですよね？

不思議だとは思うが、ミステリアスな雰囲気の大聖女様にお齢など聞けず、疑問を飲み込んで静かに耳を傾けた。

「先代のヴォルフガング辺境伯は、仕事で登城した際に今の陛下の妹君に一目惚れして、〝一緒に来てくれるまでは辺境に帰らん！〟と一ヶ月も城に居座ったのじゃ。最後には前陛下が〝さっさと辺境に帰れ!!〟と怒鳴りつけたくらいでな、なかなか面白かったぞ。まぁ、身分も申し分ないし、妹君も先代ヴォルフガング辺境伯の一途さに心打たれておったから、そのまま結婚を許されたのじゃ。仲睦まじい夫婦で、前陛下も最後には文句一つなかったがのぅ」

やはり、なんだか私の時と似ている。

私は孤児だから、有無を言わさず連れ帰られましたけど。

「大聖女様、昔話はそれくらいで。それより、ミュスカに何の用ですか？」

レスター様はお父様たちの話をされて少し懐かしく感じているように、それでいてどこか照れているようにも見えた。

大聖女様は、それにニコリと答える。

「ふふふ。良い話じゃ。聖女ミュスカよ。お主が光の術や祈りを使った時に雪が光ったと報告を受けたぞ」

「はい」

バクスター伯爵邸で私も目撃しているので、そう頷いた。

「それは間違いありません。誘拐された時も不思議なことに雪が光り、ミュスカへと導いてくれたように見えましたから」

レスター様が、付け加えるように話す。

「ミュスカよ、そなたは雪と相性が良いのじゃなぁ。聖女としての力も申し分ないし、務めも素晴らしいものじゃ。じゃから、そなたに筆頭聖女の位を授けようではないか」

「わ、私が筆頭聖女ですか⁉」

筆頭聖女と言えば、次世代の大聖女候補ですよ⁉　教会でもかなりの地位のはずなんですが……

驚きでぽかんと開いた口を両手で隠すと、大聖女様は微笑む。

「そなたには筆頭聖女としての二つ名を授けよう。雪の聖女と名乗るが良いぞ」

急な出来事にどうしていいのかわからず、レスター様の腕を掴《つか》んで見上げてしまった。

筆頭聖女になれるなど、考えたこともなかったのだ。

「レスター様……私はどうしたら？　私には、おそれ多くて……」

分不相応にもほどがある。そう思ったが、レスター様は違った。

「受けるべきだ。ミュスカの力は誰が見ても素晴らしいものだし、筆頭聖女になってもミュスカはミュスカだ」

「でも、私はスノーブルグにいたいのです。こんなことを言うのはおそれ多いですが、大聖堂には行きたくないのです……」

「ミュスカ……」

筆頭聖女になれば、修行のためと言って大聖堂に移る方もいると聞いたことがある。まだまだ未熟者の私も、筆頭聖女になるならば大聖堂で修行する必要があるのではと不安がよぎる。

筆頭聖女を断るなんて愚《おろ》かかもしれないけど、私はそれ以上にスノーブルグでレスター様といたい。あの街も、彼のことも、大好きなのだ。

素直に受け入れない私を、大聖女様は微笑みを浮かべたまま眺めている。

「ミュスカよ。奇跡と言わんばかりの雪の光をみなが見ておる。そなたには今さら修行は要らぬぞ？　そのまま、スノーブルグで雪の聖女として務めに励《はげ》めばよいのじゃ」

「本当ですか？　では、私はスノーブルグにいていいのですか？」

「もちろんじゃ。レスターの側におるがよい。こやつも心配な子じゃったからのぅ」

幼い頃に両親が他界し、一人で生きてきたレスター様は意志が強く、何者にも屈しない。そんな風に生きてきた彼を、大聖女様は孤独だと心配していたのだ。

「大丈夫だ。ミュスカ一人を王都には残さない。帰る時は一緒だ」

大聖女様の言葉に安心すると、レスター様は先代のヴォルフガング辺境伯様の事例を思い起こさせる発言をしてきた。

血は争えないとばかりに悟りきった表情をみせる大聖女様。私は一人でここに残ることはないだろうと確信する。

むしろ、レスター様はどこまでも追いかけて来そうな雰囲気さえも醸《かも》し出している。

ちょっと怖い。

それでも、私と一緒にいてくださることの方が素直に嬉しい。

「明日にでも、大聖堂でそなたの認定式をしてやろう。オースティン殿下、そなたも立ち会ってもらえるか？」

「もちろんです」

レスター様の後押しもあり、翌日には大聖堂で認定式を行うことが決まった。

大聖女様は私の報告を受けた時から筆頭聖女に認定する予定だったようで、準備もつつがなく終わる。

なんだかすべてがとんとん拍子に進んでしまい、実感が湧かない。


翌日、大聖堂での認定式は一際大きなステンドグラスに彩られたホールで行われた。

オースティン殿下や大司祭様たちが参列するなか、最前列には私を見守るレスター様がいる。

私を優しく見つめる彼の視線を感じながら、大聖女様の足元に跪《ひざまず》いた。

私を見下ろす大聖女様が、威厳《いげん》のある声で告げる。

「二つ名は『雪の聖女』。『雪の聖女』ミュスカを筆頭聖女に認定する」

「ありがたく拝命いたします」

大聖女様が跪《ひざまず》いている私の頭の上で手をかざし、祝福を授ける。

私は大聖女様から正式に『雪の聖女』の二つ名をいただき、祝福を受けた。

この瞬間、私は筆頭聖女の一人となったのだった。

◇

私の筆頭聖女としての認定式を終え、レスター様とスノーブルグに帰って来た。

これで日常が戻ってくると思っていたのだが、スノーブルグの教会にはレスター様がヴォルフガングの警備を配置することになった。

私が筆頭聖女になったということで、大聖堂からも護衛の聖堂騎士団が駐屯《ちゅうとん》する手筈だ。彼らのために、スノーブルグの教会の側には聖堂騎士団の屯所《とんしょ》を建設中だ。

そして現在、スノーブルグの教会にはずっと雪の花が飾られている。

レスター様が、結婚式まで教会とヴォルフガング辺境伯邸を雪の花で飾って置くように手配したからだ。

綺麗《きれい》だなぁ、と見とれていると、なんだか外が騒がしい。

「レイフさん、誰か来たのでしょうか？」

「見てみますか？　レスター様のお声だと思いますが……」

レスター様が誰かと揉めているのだろうかとレイフさんと教会の外に出ると、彼が知らない方と言い争っていた。

揉めている相手は、サラサラストレートヘアの美人。

二人で並ぶと眩《まぶ》しい！　私みたいなチンチクリンとは違う……！

お似合いな二人に軽くショックを受ける。

「どなたでしょうかね？　ミュスカ様はご存知で？」

「いえ、全く。……揉めていますね。痴情《ちじょう》のもつれというやつでしょうか？」

「えっ……絶対に違うと思います！」

レイフさんが力いっぱい否定するけど、あまりにも美人でレスター様と並ぶと様になっている様子に胸がチクンと痛む。

「そうでしょうか……今も絡み合っていますよ」

気の置けない仲なのか、女性が持っているものをレスター様が躊躇《ためら》いなく腕を伸ばして取り上げた。

「絡み……じゃなくて、揉み合っているように見えますが。レスター様が女性から何かを取り上げましたし……」

「女性から受け取ったものを懐《ふところ》にしまいましたよ」

「受け取ったのではなく、取り上げたのでは？」

そう見えるかもしれません！　そう見えるかもしれませんが！

なんと女性がレスター様の懐《ふところ》に手を突っ込んだ。

そんな親しい仲でしたかー!?

「レイフさん！　大変です！　あの二人は懐《ふところ》に手を突っ込む仲だったのです！　わ、私は身を引くべきですか!?」

目の当たりにした修羅場《しゅらば》に、一周回って興奮してしまう。

もうすぐで結婚式だったのに、やはり金貨一枚で結婚まで来たのはおかしかったのです!

「どんな仲ですか……あんな男女はいませんよ」

呆れたレイフさんは、まじまじと二人を観察している。

だけど、私だってレスター様の懐《ふところ》に手なんか入れたことはない!

いくら貧乏孤児だとしても、そんなはしたないことはできない!

レイフさんと言い合っていると、何かが壊れる音がした。

混乱しきっていたが、その音にハッと正気に返る。

音のした方を振り向くと、レスター様が取り上げたものを剣で壊していた。雪の上には残骸《ざんがい》が散らばり、彼の剣が突き刺さっている。

「や、やはり痴情《ちじょう》のもつれ?」

「俺には、全く情は見えませんが……」

これが初めての焼きもちというやつなのだろうか。言い様のないモヤモヤに困惑する。

私が見ていることにレスター様が気付き、いつもの眩《まぶ》しい笑顔でやって来た。

「ミュスカ!」

そんなレスター様から逃げるように、ついレイフさんの後ろに隠れてしまう。

「ミュスカ? どうしたんだ? なぜレイフの後ろに隠れる?」

「ミュスカ様……ちょっと命の危険を感じるので、出てきて下さい」

レスター様が眩《まぶ》しい笑顔から豹変《ひょうへん》し、レイフさんは困ったように私を前に押し出そうとする。

「ミュスカ？　何かあったのか？」

「あの……おそれ多くて……」

レスター様の後ろの女性に焼きもちを妬いているなんて言えない！

凄くお似合いですからね！

こんな時にも使えるなんて、「おそれ多い」とは便利な言葉だと感謝した。

「とにかく、レイフの後ろから出て来てくれ。なぜ隠れるんだ？」

「あの、凄くお似合いなので……」

その言葉に、レスター様が無言で眉間にシワを寄せる。

「……誰が？」

「レスター様が……」

「その女性と」と最後まで言い切る前に、間合いを詰めながらレスター様が近寄って来る。

少しずつ後ずさりして距離を取るが、レスター様の方が速い。

謎の女性は、ずっとニコニコと笑顔でこの様子を楽しんでいる。

誰かに似ている。そう思った時にレスター様の声に力が入る。

「ミュスカ……勘違いしているぞ」

「彼女様なのでは？」

「全く違う！　あいつは男だ！」

男と聞いて目が点になってしまう。

凄く綺麗《きれい》で、うっすらお化粧もしているのに？

「言っとくが、彼氏でもないぞ！　俺に衆道《しゅどう》の趣味はないからな！」

それは、さすがに心配していない！　何というか……積極的ですからね！

「あの、先ほどの痴話喧嘩《ちわげんか》は？」

本当に男性なのかと疑いながら、おそるおそる聞いてみる。

もう一度女性（？）を見てみると、にっこり笑顔と目が合う。

「痴話喧嘩《ちわげんか》？　さっきのは、ミュスカに催眠術をかけようと企んでいたからメトロノームを取り上げたんだが？」

「催眠術？」

「大聖女に言われて来たらしい」

サラサラ金髪の美女（？）を見ると「バレましたね」というように悪戯《いたずら》っぽい笑顔を見せた。その笑顔がとても可愛らしく見える。

いや、レスター様は男と言っ…………どこら辺が？

すっごく美人さんですけど⁉

「レイフさん⁉　男性に見えますか⁉」

「見ようによっては見えるかもしれませんが……」

レイフさんも「本当に？」と困ったようにモノクルを上げ直して凝視《ぎょうし》している。

私たちの困惑を解消しようと、レスター様が美しい女性（?）に手を伸ばす。

「さっさと自己紹介をしてくれ。そして、カツラをとれ！」

「それは失礼した」

女性（?）がハスキーボイスで返事をした。女性の声にも、男性の声にも聞こえる。

その透き通るようなハスキーボイスで、私に一礼して挨拶をした。

「『雪の聖女』ミュスカ様。私は大聖女様の甥のランティスです。本日は、大聖女様の使いで参りました」

「お、甥御様!? ほ、本当に男性ですか？」

「確認しますか？　見られて困るものはありませんが」

そう言って、腰に手を当てる。

「貴様、ミュスカに変なものを見せるなよ！　そんなことしたらどうなるか、わかっているだろうな！　さっさとカツラを取るんだ！」

な、何を見せる気ですか!?

レスター様は、問答無用で女性（?）のカツラを鷲掴《わしづか》んだ。

背の高いレスター様だからこそ、この金髪美人の頭の上から取れましたね。

カツラの下も同じサラサラの金髪で、ただ髪がショートカットなだけ。顔は変わらないから美人のままだった。

「なぜ、女性の姿で？」

レスター様に疑問を投げかける。

「ミュスカ、こいつは女装家だ。男なんだが、女装が趣味なんだ」

一体、大聖女様のお家はどんな家系なのでしょう!?

趣味に労力をいとわない家系なのだろうか。完成度が高すぎる。

レスター様とランティス様は「大事な話がある」と言って、唖然《あぜん》としている私をそのまま馬車に乗せるとヴォルフガング辺境伯邸へと向かった。

ランティス様と馬車の中で向かい合って座ったのだが、美しい所作に見惚れてしまう。

男性とわかってはいても、綺麗《きれい》な顔立ちにどきりとした。

頬を紅潮《こうちょう》させる私を見て、レスター様は何か勘違いしたらしい。彼が「やっぱりカツラは付けていろ」と仏頂面になったため、ランティス様は美しい女装姿のままで移動することになった。

ヴォルフガング辺境伯邸に到着すると、ランティス様は以前にも来たことがあるようだった。

「懐かしいなぁ」と玄関から居間への廊下を見渡しながら歩いている。

「レスター様、ランティス様。例の物は運んでおります」

居間の扉を開け、アランさんがそう伝えた。どうやら、ランティス様は何かを届けに来たらしい。

居間に入ると、大きな箱が一つあった。装飾付きの高価そうな箱を前に、ランティス様が笑顔で話し出す。

「コンスタンの元神父が着服していた金の一部です。いきなりで失礼かとは思いましたが、一部分だけお持ちしました。残りもまだまだあるのですが、一度に大金をお渡ししては驚くかと思いまして。ヴォルフガング辺境伯と結婚されるとのことですから、残りはレスターに管理していただくのが得策かと思われます」

ギョッとして目を見開いた。こんな大きな箱すべてが着服金!? しかもまだ一部!?

箱があまりにも大き過ぎて開けるのが怖い。

この中すべてが金貨だったら、私は倒れるかもしれない！ しっかりして私!!

必死で自分を励《はげ》ました。

「ミュスカ様？ どうされました？ すべてミュスカ様のお金ですよ。コンスタンの元神父は結構貯め込んでいましてね。街に個人的な部屋も借りており、その部屋には豪華な調度品も多数あったので売り払ったら結構な額になりました。足りませんでしょうか？」

この箱を前にしても、レスター様もランティス様も驚くことすらない。むしろ、当然だという表情だ。

貴族、しかも資産家と貧乏平民の差かなぁ……と悩んでしまう。

でも、これだけあるということは……

「あの……神父様の資産はどうなったんですか？」

「ミュスカ様への着服金に賠償金《ばいしょうきん》など諸々合わせますと、もうありませんね。しかし、大聖堂に住んでいますから生活は保障されています。ですので、お金はもういらないと思われます」

いや、住んでいるといっても物置小屋ですよね？

いいのかなぁと思う。

本当に受け取っていいのかわからず困ってしまった私を、レスター様が優しく手を握って諭《さと》してきた。

「ミュスカ、コンスタンの元神父は罰を受けねばならん。この金も元々はミュスカのもので、正しいところに戻ってきただけだ。ミュスカが気にやむことはない。管理が難しいなら、ランティスの言うとおりヴォルフガングが預かろう。もちろんミュスカが欲しい時はいつでも出すが、ミュスカをお金で苦労させるつもりはない。生活費には決して使わないようにしてくれ」

受け取ることは当然だと彼は言う。

「でも、それだとレスター様に甘えてしまうことになるのでは？」

「それでいいんだ。ミュスカは俺の妻になるのだから、もっと甘えて欲しい」

彼の言葉に、私はもう独りぼっちではないのだと改めて感じた。

「……頼ってもいいですか？」

「もちろんだ。そうしてくれると嬉しいよ」

レスター様は、お金のことだけでなく、精神的にも私を支えて下さる。

誘拐事件の時も思ったが、あんなに必死に私を捜してくれる人はいない。

それに、私が一人で雪の中にいた時に頭の中に思い浮かべていたのはレスター様だけだった。

彼は、私をいつも思いやり、決して悪いようにはしなかった。私は、そんな彼を信じているのだ。

キュッと口を引き締めて、彼を見て頭を下げた。

「レスター様、お願いします」

「任せろ」

レスター様にお金を預けることに決めると、そう言えばシャーロット様は元気かしらと思い出す。

大聖女様の催眠術にかかっている間は燃えているだろうけど。

「シャーロット様は元気でいらっしゃいますか？」

「元気ですね！　浄化の術も既に覚えていますよ。ですが、あの不運というか不吉なアミュレットを塔に運んでいるのですが、あれが塔にあるとなぜか塔の扉が壊れるんです」

ランティス様は顎に拳を当てて困ったような仕草をしてみせるが、楽しそうな雰囲気は隠しきれていない。

「それでは脱獄《だつごく》できるじゃないか」

レスター様が冷静に突っ込んだ。

「見張りがいるし、シャーロット嬢は大聖女様の催眠術のおかげで脱獄《だつごく》するなんて考えもせずに浄化作業をしているが？」

ランティス様は、脱獄《だつごく》はいまだに起こっておらず、これからも決して起こらないだろうと自信ありげだった。よほど大聖女様の催眠術を信頼しているようにみえた。

あのアミュレットは不吉だけど、シャーロット様にとっては良いように働いている気がする。

逮捕されたことは不運かもしれないけど、結果的には正しく使命に燃えているのだ。ある意味物凄い効果のアミュレットだと改めて思う。

「扉が壊れる度にバクスター伯爵家が扉を直しています。ですが、毎日のように壊れるので扉の修理代が湯水のように流れていまして、バクスター伯爵家は参ってしまっています。早くすべてのアミュレットの浄化を終わらせないと、バクスター伯爵家が破産するかもしれませんね。アハハハ」

ランティス様は軽快に笑う。

すべてのアミュレットの浄化が完了するのが先か、バクスター伯爵家の破産が先か……ちょっと笑えない。

「塔とはいえ大聖堂の扉は特注ですから、扉の職人はホクホクでしょうね。手が足りず、従業員を増やしたそうですよ」

そう付け加えるランティス様は楽しそうだった。

にやりと笑っていると、あのミステリアスで底が見えない大聖女様にそっくりだ。

「封呪《ふうじゅ》の布は使われないのですか？」

「自分たちで作ったアミュレットですから、自分たちの側に置いておく時は使用を認める必要はないと大聖女様が決めましたよ」

シャーロット様も含め、バクスター伯爵家はなぜか大聖女様の手のひらで転がされている気がする。

バクスター伯爵家からすれば、自業自得とはいえすっごい悪循環《あくじゅんかん》だ。

終わりのないメビウスの環《わ》というやつでしょうか。

いや、すべてのアミュレットの浄化が終われば、少なくともバクスター伯爵家は助かるでしょうけど……終わらない気がする。

そう不憫《ふびん》に思っていると、ランティス様は次の話題に移った。

「大聖女様から、結婚のお祝いも預かっています。ミュスカ様にスノーブルグにある大聖女様の個人所有の温泉を差し上げるようにと承りました」

「お、温泉⁉　温泉があるんですか？」

温泉と聞いて驚いてしまう。スノーブルグに温泉が湧いているとは⁉

「保養所みたいなこじんまりとしたロッジですが、小さいながらも温泉が引いてあります。ミュスカ様のご自由にどうぞとのことです」

「それは、スノーブルグの森の中にあるロッジのことか？」

「レスター様はご存知だったんですか？」

森の中に大聖女様の保養所があったなんて知らなかった。

「大聖女様は、寒いのが嫌いで一度もそのロッジに来たことはないんだ。元々、どこかの貴族からの貰いものだったはずだし……要らないからミュスカにやるんだろ？」

「貰えるんだから経緯はどうでも良くないか？」

呆れるレスター様に、ランティス様は細かいことを言うなという笑顔をみせる。

温泉付きのロッジが貰いものとは……貴族様って凄い。

ロッジとはいえ、家を貰えるなんて私には想像も付かない。

いや、レスター様も私に金貨一枚のお礼であの大豪邸に部屋を作ったくらいだし、貴族様にはこれが普通なのだろうか。

「温泉……」

コンスタンの教会で一人凍えていた頃、いつかはのんびりと温泉に行ってみたいと密かに思っていた。それが、思わずポツリと口から漏れる。

ロッジは別に要らないけど、温泉には入りたいのだ。

考え込む私の顔を、レスター様が覗き込んでくる。

「温泉に入りたかったのか？　ありがたくいただくか？」

「いいのでしょうか？」

「あとでヴォルフガングからお礼を贈るから問題はない」

ロッジを一軒丸ごとなんて高そうなものをいただくことに抵抗はあるが、大聖女様の贈り物をお断りするのも怖い。

あの催眠術を見てしまったからだろうか。本当に怪しすぎて怖かった。

「楽しみか？」

「はい。レスター様も温泉に入りましょうね」

「そうだな。明日にでも、ロッジの様子を見に行くか？」

「はい」

ありがたくいただくことにすると、早く行きたくて楽しみになってしまう。

ランティス様は、受け取っていただけてよかったとやり切った感を醸《かも》し出して帰っていった。

◇

それから数日後。

ヴォルフガング辺境伯邸のお菓子用の厨房《ちゅうぼう》で、私はアップルパイを焼きあげてはバスケットに詰めていた。

スノーブルグはリンゴが良く採れる。

寒い土地のリンゴは甘味が増すし、鮮やかな赤色に染まる。みずみずしく、味も見た目も良いリンゴはスノーブルグの名産品だ。

そう言えば雪祭りのときのクロカンブッシュのクリームもリンゴ味だったなと思いだす。リンゴが生活に根付いているのだろう。

そんなリンゴも、土地が枯れて今年は不作と思われていた。

しかし、私が『豊穣《ほうじょう》の祈り』をしたおかげで豊作だったそうで、ヴォルフガングのお邸に領民がたくさん持って来てくれたのだ。

せっかくいただいたので、料理長さんに習いながらせっせとアップルパイを焼いているという訳だ。

厨房《ちゅうぼう》の中心のテーブルには、たくさんのアップルパイが並べられている。大量にあるし教会や孤児院へ差し入れをしたいと言ったら、使用人のみんなが快く協力してくれることになった。

並べられたアップルパイをアンナが教会へ、スペンサーさんとアランさんが孤児院へ届けるため、それぞれが担当分をバスケットに詰め、準備を始めている。

「すみません。私が自分で持って行けばいいのに……」

「お嬢様はレスター様とお出掛け下さい。お使いくらい私どもが致しますよ。レスター様をお待たせしてはいけませんからね」

スペンサーさんが笑顔で言う。

結婚式では街中にクッキーを配るから、その準備に厨房《ちゅうぼう》は忙しい。

アップルパイの傍らには、お店に卸《おろ》すのかというくらい大量のラッピングされたクッキーが木箱に詰められていた。

この後は、またクッキー作りをするらしい。

それなのに、みんなが嫌な顔をせずに私を手伝ってくれて嬉しい。優しい人たちだ。

アップルパイとクッキーでてんやわんやのお菓子専用の厨房《ちゅうぼう》に、レスター様は待ちきれなかったようで私を迎えに来る。

「ミュスカ、そろそろ行こう」

「すみません、お待たせしてしまって」

レスター様用のアップルパイの入ったバスケットを持つと、レスター様がすかさず私の手からバスケットを取ってしまう。

「あの、荷物は私が……」

「荷物は俺が持つ。ミュスカが持つことはない」

あいかわらず優しい。初めて会った時から、どんなことがあってもレスター様は私への気遣いを忘れない。

レスター様の心遣いに温かい気持ちになりながら、二人で大聖女様にいただいた温泉のあるロッジに行った。

ロッジの中は既にヴォルフガングの使用人の方々が掃除をしてくれており、綺麗《きれい》になっている。

暖炉にソファー。装飾のついたキャビネットには、お酒でも並べるのだろうか。

ソファー横のテーブルにバスケットを置き、レスター様は部屋を見渡す。

「やはり、家具が少し古いな。家具は入れ替えるか」

「使えますよ？」

「せめて、寝具は新しいものがいい。ミュスカが泊まるかもしれないし」

個人的には、もったいないと思う。こんな時はどうしても貧乏性が出てしまう。

でも、誰かが来た時に古臭い内装だとヴォルフガング辺境伯が恥をかく。

レスター様と結婚するんだから、私もヴォルフガングの家名を背負うのだ。

貧乏性から抜け出そうと意を決すると、身体に力が入る。

「や、やっぱり、替えます！」

「そうだな……すべては替えないで、使い勝手の悪いものだけ替えようか？」

「！　はい！」

その提案に素直に返事をした。レスター様は、まだ使えるものを捨てることに躊躇《ためら》ってしまう私を気遣ってくれたのだ。それなら、と勢いよく返事をした私を、微笑ましいと言わんばかりの柔らかい目で見ている。

アップルパイの入ったバスケットをテーブルに置いたまま、いよいよ楽しみにしていた温泉へと行く。

部屋から繋がっている温泉は露天風呂で、こじんまりとしているけど一人で入るには広かった。岩で囲まれたお風呂の周りには、雪が降り積もっている。その中で白い湯気がもうもうと上がっていて、なんだか視界が真っ白だ。

「レスター様。私、温泉を初めて見ました」

初めて見る温泉に感動して、熱気も相まって頬が紅潮《こうちょう》し始めた。

スカートを捲り上げ、足を浸すとポカポカ感が気持ち良い。そこまでは良かった。

自然と彼が私の後ろに座る。後ろから抱き締めてくるレスター様が気になりすぎて、別の意味で頬の紅潮《こうちょう》が加速した。

「レスター様……隣に座って下さい」

「誰もいないからいいじゃないか」

「のぼせるかもしれません……」

「それは困ったな。のぼせたら、俺が介抱してやろう」

顔が見えないから、余計に緊張する。ほんの少しだけレスター様の吐息が首筋にかかる。

夕べは「一緒に入ろうか」と言われて倒れそうだったけど、いたずらっぽく笑って「足だけな」とからかわれたことを思い出す。

足だけなら、と思ったのにこんなに密着して足湯をするとは予想外だった。

「イチャイチャですね……」

「イチャイチャか……初めてだな」

「初めてですか？」

私とのスキンシップにはいつも積極的なのに？

誰もが見惚れる顔を疑いを持って見上げると、色気がありすぎてやはり女慣れしていそうだと思う。軽薄とかそういうことではなくとも。

「あまり女は得意ではない」

その割には、私を教会に迎えに来た時から距離感がおかしかったけど。

まさか、初めてだから一直線にきたのだろうか。いや、大聖女様の話からするとそういう血筋だという線が濃いと考えてしまう。

「おモテになると聞きましたけど？」

「だが、好きになったのはミュスカが初めてだ」

サラッと告白されてしまう。今まで何度も思ったが、この人に羞恥心《しゅうちしん》はない気がして来た。

でも、私にとってもレスター様が初めて好きになった人だ。そう思い、精一杯に答えた。

「……わ、私も初めてです」

「初めて同士だな。では、ミュスカをがっかりさせないようにもっと努力しよう」

これ以上何をしますか⁉

この体勢でいっぱいいっぱいです！

ひたすら熱くなる顔を見せられなくて、私を包み込んでいる腕に埋《うず》める。

「ミュスカ、こちらを向いてくれないか？」

「ちょっと無理です……！」

顔が真っ赤過ぎて見せられませんよ！

首筋やうなじにレスター様の唇が這うと逃げたくなる。

どれほど好きでも、男の人との接触に私はまだ慣れてないのだ。

「唇も欲しいんだが？」

「それは、絶対に結婚式まではダメです！」

「お預けか？」

「お預けでお願いします……！」

クスッと耳元で笑われると、さらに意識をしてしまった。

アンナが、「レスター様はきっと肉食ですよ！」と言っていたが、私は結婚式の夜に食べられるのでしょうか。

そんな質問は誰にもできずに、二人きりでゆっくりと温泉を堪能《たんのう》した。

◇

ヴォルフガングのお邸の一室で、私はウェディングドレスの支度をしていた。

純白のウェディングドレスは、言葉を失うほど美しい。裾には雪の花の刺繍《ししゅう》が施されており、職人さんの腕の良さが垣間見える。

「凄く綺麗《きれい》です……」

見惚れる私からやっと出てきた言葉は、その一言だった。

あまりにも高そうで値段も気になるが、あまりの綺麗《きれい》さにその思考がかき消えるほどだった。

「まあ、なんてお似合いでしょうか」

スペンサーさんは涙をハンカチで押さえて感激している。

「お嬢様、とっても素敵ですわ！」

アンナはいつもよりテンションが高かった。

「レスター様の奥方となる方がお嬢様で本当に良かったですわ……」

スペンサーさんは幼少よりレスター様を見てきたから、一段とレスター様の結婚に思い入れがあるようだ。彼女の目尻から落ちた涙に、私の胸もじわりときた。

「陛下ご夫妻も殿下も結婚式のためにいらっしゃってますし、きっと結婚式は大成功ですよ！」

「緊張します……」

まさか、私が王族の血筋と結婚するなんて、誰が予想したでしょうか？

シャーロット様だけでなく、どのご令嬢たちもレスター様と結婚したがっていた理由がよくわかった。

レスター様はかっこいいだけでなく、陛下の甥御様だったのだ。貴族なら、こんな方と縁を繋ぎたいのは当然だ。それが、こんな素敵な容姿ならなおさら。

コツコツお金を貯めて得た初めての金貨一枚で、こんなに人生が変わるとは……。あの雨の日には予想もできなかった。

どしゃぶりの雨に負けず劣らずどんよりしたレスター様がヴォルフガング辺境伯様だなんて考えもつかなかったのだ。

私が思考を飛ばしている間も、アンナはドレスの支度を進めていた。

「さぁ、お嬢様。レスター様がお待ちかねですよ」

ハンカチを握りしめたスペンサーさんが、柔らかい笑顔で扉を開けた。

「行きますよ！」

アンナが明るく言う。

スペンサーさんとアンナが出発を告げ、雪の花で飾られた廊下を歩いて玄関に向かった。

ウェディングドレス姿で玄関ホールの階段を降りると、使用人の方々が左右一列に並び私に祝福をしてくれる。

みんなの祝福の間を通って大きく開かれた玄関を出ると、雪の花と白いリボンで飾られ、結婚式仕様になった馬車の扉を執事のアランさんが開けて待っていた。

「お嬢様、お綺麗《きれい》です。さぁ、どうぞ。レスター様がお待ちかねですよ」

「はい、ありがとうございます」

馬車に乗り込むと、ドレスの裾をアンナが綺麗《きれい》に馬車の中に収めてくれる。

胸の動悸が抑えられないまま、結婚式仕様の馬車でジェスター神父様が待つ教会に到着する。

そっと馬車の扉を開けてくれたのはハリーさんだ。

「ミュスカ様。どうぞ」

ハリーさんが、聖堂騎士らしく手を差し出す。その手に自分の手を添えて、ドレスを踏まないようにゆっくりと馬車から下りた。

馬車から私が姿を現すと、一斉に歓声が沸いた。

「ミュスカ様ー!」

「聖女様! おめでとうございます!」

教会の周りには、領民たちが歓喜の声を沸かせて集まっていた。

押し寄せてきそうな勢いだが、ヴォルフガングの警備が所々に立って一定の距離を取っていた。私に近付けないように守ってくれているのだ。

領民たちの祝福の声が嬉しいと同時に気恥ずかしい。それに、感動してしまって泣きそうだった。

こんなに祝福される結婚式なんて、想像もしたことがなかったのだ。

お化粧を崩さないようにぎゅっと涙をこらえていると、一際大きな声が私の耳に届いた。

「ミュスカさんー!!　ミュスカさんー!!」

一際大きな声に呼ばれ、ベールを下ろしたままで目をやると、ディビッドさんだった。悲痛な声は断末魔《だんまつま》の叫びのようだし、なぜか身体全体をぐるぐる巻きに縛られている。

晴れの日にふさわしくない光景に、思考が一瞬だけ止まった。

……今日は結婚式！

とりあえず、見なかったことにしよう！

少なくとも、名前を呼ばれても私には何もできない。そう自分を納得させた。

ディビッドさんは側にいた聖堂騎士に「気が済んだろ！　さぁ、行くぞ！」と縛られた紐を引っ張られて人混みに消えてしまった。

……空耳だったことにしましょう！　私は何も見ていない！

ディビッドさんのことはなかったことにして教会に入ると、レイフさんの奏でるオルガンの音が鳴り響く中、レスター様が白いタキシードで私を待っていた。

凛々しいタキシード姿で私をうっとりと見つめるレスター様は眩《まぶ》しすぎた。

いくら聖女とはいえ、平民孤児で平凡の塊の私がヴォルフガング辺境伯様と結婚とは釣り合うのでしょうか。いまだに疑問しかない。

「ミュスカ……綺麗《きれい》だよ」

そんな私の心の声に反して、レスター様は至極《しごく》満足気なご様子だ。

少し照れたような笑顔で私の手を引く。……レスター様が照れているところなんて、初めて見た。

私もつられて照れてしまう。

レスター様の隣に立つと、下ろしたベール越しに彼を見上げた。お互いに見つめ合うと、同じ気持ちを抱いていることが伝わってくる。

結婚式が始まると、ジェスター神父様が結婚の誓いの言葉を問いかけてくる。

私とレスター様は、それに「誓います」と宣誓した。

そして、私はこのスノーブルグの教会で、レスター様と生涯変わらぬ愛を誓うキスを交わしたのだ。

◇

結婚式の夜。

ヴォルフガング辺境伯邸の大広間では披露宴《ひろうえん》が執り行われ、レスター様とダンスをした。

慣れないながらも頑張れたのは、レスター様とアランさんが熱心に教え、練習に付き合ってくれたおかげだ。二人に感謝する。

深夜、参列者たちはすでに帰宅し、今は二人っきりで庭の青い屋根の別邸にいた。

雪がゆっくりと降る中、庭の土をスコップで掘る。

「ずっと大事にしていてくれたんだな」

「雪の花は、寒さに強くて長持ちすると聞いたんです。少しでも長く置いておきたくて……。だから、毎日水を替えて大事にしていました」

いつの間にか根っこが生えてきていた雪の花は、順調にその根を伸ばしていた。土に植えかえれば元気に育つだろうと思ったのだ。

雪の花が植えられるぐらいの穴が掘れたところでスコップを置いた。

掘った穴に根っこの生えた雪の花を植えて二人で土を被せると、固めるように上からポンポンと叩く。

レスター様が私に一生を誓ったあの雪の花を、二人で植えたことは忘れられない思い出になる。

少なくとも私にとっては、一生胸に刻まれる出来事になるのだ。

「……レスター様。私はお金もなくて、貴族様みたいに何の後ろ盾もありませんけど、幸せな思い出を作れるように頑張ります。必ずレスター様を側で支えますから……」

私には何もない。レスター様にいつも助けてもらっているけれど、せめて彼が心穏やかに過ごせるように隣で支えていきたいと思う。

その気持ちを伝えると、レスター様は黙ってしまった。余計なことを言ったかと不安がよぎって、雪の花から彼の顔へと視線を上げる。

彼は、無言で私を愛おしそうに見つめていた。その視線から目が離せない。

「ミュスカ。嬉しいよ。何と言ったらいいか……君が好きだ。本当にミュスカがいてくれるだけで……」

「私もです……」

レスター様が、幸せを噛みしめるように静かに想いを伝えてくれる。

雪の花を植えていた両手に彼の大きな手が重ねられ、自然と唇も重なった。

そのまま腰に手が回されて、ぐっと引き寄せられる。

唇が離れると、二人の白い吐息が交わっていた。

「いつか、ここは雪の花でいっぱいになるな」

「そうなるように育てます。きっと今日のことは忘れられない思い出になりますよ」

レスター様は背中に腕を伸ばし、前から私を包み込むように抱きしめてくる。

彼のぬくもりを感じながら、二人で植えた雪の花に目を向けた。手をかざして、ほんの少しだけ聖力を使う。

元気に育ちますように、と願いを込めて。

私の聖力に反応して、舞い散る雪が静かに光る。

雪が発する柔らかな光を、彼の温かくたくましい腕の中で見ていた。

この作品に対する皆様のご意見・ご感想をお待ちしております。

おハガキ・お手紙は以下の宛先にお送りください。

【宛先】

〒150-6008 東京都渋谷区恵比寿4-20-3 恵比寿ｶﾞｰﾃﾞﾝﾌﾟﾚｲｽﾀﾜｰ 8F
（株）アルファポリス　書籍感想係

メールフォームでのご意見・ご感想は右のＱＲコードから、
あるいは以下のワードで検索をかけてください。

アルファポリス　書籍の感想　検索

ご感想はこちらから

本書は、「アルファポリス」（https://www.alphapolis.co.jp/）に掲載されていたものを、
改題、改稿、加筆のうえ、書籍化したものです。

金《きん》貨《か》一枚《いちまい》貸《か》したら辺境伯様《へんきょうはくさま》に捕《つか》まりました!?

屋月トム伽（やづき とむか）

2023年 2月 5日初版発行

編集－徳井文香・加藤美侑・森 順子
編集長－倉持真理
発行者－梶本雄介
発行所－株式会社アルファポリス
〒150-6008 東京都渋谷区恵比寿4-20-3 恵比寿ｶﾞｰﾃﾞﾝﾌﾟﾚｲｽﾀﾜｰ8F
TEL 03-6277-1601（営業） 03-6277-1602（編集）
URL https://www.alphapolis.co.jp/
発売元－株式会社星雲社（共同出版社・流通責任出版社）
〒112-0005 東京都文京区水道1-3-30
TEL 03-3868-3275
装丁・本文イラスト－縹ヨツバ
装丁デザイン－AFTERGLOW
（レーベルフォーマットデザイン－ansyyqdesign）
印刷－中央精版印刷株式会社

価格はカバーに表示されてあります。

落丁乱丁の場合はアルファポリスまでご連絡ください。

送料は小社負担でお取り替えします。


ISBN978-4-434-31518-3 C0093